ミス・ビアンカ
ダイヤの館の冒険

マージェリー・シャープ作
渡辺茂男訳

岩波少年文庫 234

MISS BIANCA

Text by Margery Sharp
Illustrations by Garth Williams

First published 1962
by William Collins Sons & Co., Ltd.

First Japanese edition published 1968,
this paperback edition published 2016
by Iwanami Shoten, Publishers, Tokyo
by arrangement with the author
c/o Intercontinental Literary Agency, London.

もくじ

もくじ

さし絵　ガース・ウィリアムズ
カバー背景画　堀内誠一

ミス・ビアンカ

ダイヤの館《やかた》の冒険《ぼうけん》

1

◇◇◇◇◇

総《そう》会《かい》

1

ねずみたちの組織《そしき》する囚人《しゅうじん》友の会のやる離《はな》れわざは、それが、どんなに危険《きけん》にみち、人をおどろかせるものであっても、その一つ一つの冒険《ぼうけん》は、かならず正式《せいしき》な総会《そうかい》をもってはじまります。(会の規則《きそく》やみんなの誓《ちか》い、そして、秩序《ちつじょ》と礼儀《れいぎ》が、一ぴき一ぴきの英雄的《えいゆうてき》行動《こうどう》のゆるぎない土台になるのです。)ここでお話しする総会《そうかい》では、ほかならぬ、あの名高いミス・ビアンカが、議長《ぎちょう》をつとめていました。くらやみ城《じょう》からの囚人救出《しゅうじんきゅうしゅつ》にだいじな役割《やくわり》をはたしたことにたいして、最初《さいしょ》のニルス＝ミス・ビアンカ勲章《くんしょう》をさずけられた、あのミス・ビアンカです。

演壇《えんだん》につつましやかに立って、拍手《はくしゅ》のしずまるのをまつ彼女《かのじょ》の姿《すがた》の美《うつく》しさ！　――白テンのようになめらかな毛、大きな褐色《かっしょく》のひとみと、そのまわりでゆれる長い黒いまつげ――くびには、細く美《うつく》しい銀《ぎん》のネックレス――鉢植《はちう》えのシュロを背景《はいけい》に、上品《じょうひん》にゆったりと立つ、小さな優雅《ゆうが》な姿《すがた》！　外見はそのようにおちついていても、彼女《かのじょ》の胸《むね》は、小さな早鐘《はやがね》のように鳴っていました。というのも、ミス・ビアンカは、自分の意志《いし》に反《はん》して、公《おおやけ》の生活にひっぱりだされてしまったからです。大使《たいし》のぼうやのべんきょう部屋《べや》にあるせとものの塔《とう》で、ひっそりと優雅《ゆうが》に暮《く》らすほうが、彼女《かのじょ》にとっては、会議場《かいぎじょう》で演説《えんぜつ》をするよりも、はるかに気持《きも》ちのよいことでした。でも、さいわいに、からのぶどう酒《しゅ》だるを改造《かいぞう》した、形のよい会議場《かいぎじょう》には、フランスのぶどう酒《しゅ》クラレットのかおりがのこっていて、それがミス・ビアンカにとって気付《きつ》け薬《ぐすり》のようなはたらきをしました。それにしても、やっと話しはじめた彼女《かのじょ》の、あの有名《ゆうめい》な鈴《すず》をふるような声は、少しふるえていました。

「さて、みなさん、」と、ミス・ビアンカは、メモを見ながらいいました。「本日の議事《ぎじ》日程《にってい》のうちいちばん重要《じゅうよう》な議題《ぎだい》にはいります。この議題《ぎだい》は、ほんらい、事務局長《じむきょくちょう》が、みなさんにおはかりすべき議題《ぎだい》ですが――」

EXIT

「いいのよ、いいのよ！」ねずみたちは、いっせいにさけびました。（少なくとも百ぴきはいます。婦人部会《ふじんぶかい》の女ねずみたちは、大挙《たいきょ》して出席《しゅっせき》。マッチばこのいすは満席《まんせき》で、すわれないねずみたちは、うしろに立っています。）「いいのよ、いいのよ、ミス・ビアンカがやれば！」

ミス・ビアンカは、もうしわけなさそうに肩《かた》ごしに事務局長《じむきょくちょう》のほうを、ちらりと見ました。事務局長《じむきょくちょう》は、にこりとわらって、くびをふりました。事務局長《じむきょくちょう》は、バーナードという名まえの、あまり目立たないようすのねずみでした。バーナードも、いっしょにくらやみ城《じょう》の離《はな》れわざをやってのけたのに、だれもそれをおぼえていないようでした。でも、それにかかわりなく、バーナードは、事務局長《じむきょくちょう》におされていたでしょう。それほどに事務的才能《じむてきさいのう》があると、みんなに信頼《しんらい》されていたからです。

「わかりました。では、」と、ミス・ビアンカはいいました。「うしろのほうのみなさん、わたくしの声がきこえますでしょうか？」

「きこえる、きこえる！」「鈴《すず》の音のようにはっきりきこえるわよ！」「じいさまでもきこえるぞ！」うしろに立っている何びきかのねずみたちがこたえました。

「では議事《ぎじ》を進行《しんこう》いたします。」と、ミス・ビアンカはいいました。「これからわたくしがもうしあげますことは、きっとみなさんを、おどろかすことと思います。けれどもわたくしは、いつでもみなさんの、大きな心とやさしい気持《きも》ちを信頼《しんらい》しております。」（ミス・ビアンカは、以前《いぜん》には、みんなのまえで話すときは、きんちょうしてしまいましたが、ちかごろはすっかりなれて、おせじをいって聴衆《ちょうしゅう》をいい気持《きも》ちにさせることさえおぼえました。親切で心が大きいといわれると、ほんとうにそんな気になってしまうものです。ですから、うまいおせじは――ミス・ビアンカは、ほかの種類《しゅるい》のおせじなどいうはずがありませんが――ぴたり、役立《やくだ》ちます。）

「過去《かこ》におきまして、」と、ミス・ビアンカは、話をつづけました。「みなさん、よくご存《ぞん》じのとおり、わたくしどもの組織《そしき》は、牢獄《ろうごく》にとじこめられた囚人《しゅうじん》を、元気づけ、なぐさめ、友となるという伝統《でんとう》にのっとって、努力《どりょく》してまいりました――」

「そのひとりを、おれたちゃ、助《たす》けだしてさえやったんだぞ！」興奮《こうふん》した若者《わかもの》ねずみがさけびました。「しかも、くらやみ城《じょう》からな！　議長《ぎちょう》、また救出作戦《きゅうしゅつさくせん》をやるんなら、このおれを加《くわ》えてくれ！」

「おれも！」「おれも！」べつの二ひきの若者《わかもの》ねずみが、とびあがり、うでの筋肉《きんにく》をもりあげてみせながらさけびました。この若者《わかもの》ねずみたちをすわらせようとする母親ねずみや、彼《かれ》らの背中《せなか》をたたこうとするなかまのねずみたちで、場内は、ひとしきり、たいへんなさわぎになりました。会議場《かいぎじょう》が、これほど興奮《こうふん》し、秩序《ちつじょ》のみだれたことは、めずらしいことでした。——ミス・ビアンカは、気づかわしそうに、また事務局長《じむきょくちょう》のほうを見やりました。彼女《かのじょ》の気持《きも》ちは、そのまま事務局長《じむきょくちょう》につうじました。彼《かれ》らがともにやった冒険《ぼうけん》が、ねずみたちの社会奉仕《ほうし》の仕事《しごと》に、のぞましからぬはなやかさを加《くわ》えてしまったのです。いまや、囚人《しゅうじん》からパンくずをもらうために、うしろ足でちょっと立ってみせることなどを考えるねずみは、一ぴきもいなくなってしまったのです。——長い目でみれば、そういうことこそ、ねずみがおこなうことのできる、もっともひとのためになる行為《こうい》の一つなのです。パンくずもらいや、輪《わ》になってワルツをおどることは、(戸外で看守《かんしゅ》とおどることさえあります。)まるでつまらないお役所仕事《やくしょしごと》と同じように考えられるようになってしまい、定期《ていき》の三週間出動《しゅつどう》からかえっての報告《ほうこく》にさえ、めったにとりあげられなくなってしまいました……。

「議長《ぎちょう》、こんどおれたちが救《すく》いだそうってのは、どんなやつなんだ。早くいってくれ！」

と、未来《みらい》の英雄《えいゆう》の一ぴきがさけびました。「残酷《ざんこく》な戦争《せんそう》で捕虜《ほりょ》になった兵士《へいし》かね？」

「それとも、海賊《かいぞく》どもにおそわれた勇敢《ゆうかん》な船乗《ふなの》りかい？」と、べつのなかまがさけびました。「帆綱《ほづな》をかみきって海賊旗《かいぞくき》を甲板《かんぱん》におとしてやるなんざ、考えただけでもいかすじゃないか！」

ミス・ビアンカは、この二ひきのことばを、ぴしりとさえぎりました。

「こんどは、どんな〈やつ〉でもありません。」彼女《かのじょ》は、きっぱりといいました。「こんどは、小さな女の子です。」

2

すると、まさにミス・ビアンカが予想《よそう》したとおり、会場の興奮《こうふん》は、針《はり》で穴《あな》をあけた風船から空気のもれるように、ちぢまり消《き》えてゆきました。全体《ぜんたい》の雰囲気《ふんいき》がたるんでしまったことはさておき、小さな女の子など、ねずみたちにとっては、ほとんど用がなかったのです。小さな女の子たちは、子ねこをかわいがりすぎます。聴衆《ちょうしゅう》が、いすをよせあって、会場がきゅうにさわがしくなりはじめました。よせあったマッチばこのいすがきしみあい、もちろん、ひそひそ声ですが、あきらかに不平《ふへい》のつぶやき声がもれはじめました。ミス・ビアンカは、いまこそ、さわやかな弁舌《べんぜつ》をつかわなければだめだと見てとりました。彼女《かのじょ》は、やってのけました。きびしい口調《くちょう》をさらりとすてて、不平《ふへい》のつぶやきをまるで拍手《はくしゅ》でも受《う》けるような調子《ちょうし》で、あまいさわやかな声でいいました——

「その子の名まえは、」と、彼女《かのじょ》はつづけました。「ペイシェンスともうします。かわいい名まえだとお思いになりませんか？　と同時に、ペイシェンス——忍耐《にんたい》という美徳《びとく》をわたくしたちに思い出させてくれます。ここにご出席《しゅっせき》の母親のみなさん、とくに勇《いさ》ましい男のお子さんをおもちのかたたちは、一日に二十回は、この美徳《びとく》をおつかいにならなければならないのではありませんか？　しかし、わたくしのもうしあげますペイシェンスには、母親がありません。父親もいません。それどころか、この世《よ》に身寄《みよ》りはひとりもいないのです。しかも、その年、わずか八歳《さい》にすぎません。」

この胸《むね》をうつまえおきが効果《こうか》がないはずがありません。ねずみたちは、みんな大家族《だいかぞく》です。おじさんおばさんの数なら二十ぴき単位《たんい》でかぞえられるほどだし、いとこの数ときたら百単位《たんい》でかぞえなければならないのですから、この世《よ》に身寄《みよ》りがないというほどあわれなことはありません。母親らしい顔をした婦人部会《ふじんぶかい》の会員《かいいん》の一ぴきが、たちまち、はなをすすりはじめました。

「かわいそうなおちびさん！」彼女《かのじょ》は、はなをすすりました。「その子の目は、もうあいているのかい？」

「彼女《かのじょ》のおかれたおそろしい立場を見るためにだけ、」と、ミス・ビアンカは、しずんだ声でいいました。「やっとひらいているのです。この不幸《ふこう》な少女は、ゆうかいされて大公《たいこう》妃《ひ》の召使《めしつか》いにされていると、わたくしがもうしあげれば、みなさんは、そのおそろしさが、すぐにおわかりになろうというものです！」

3

なんという変化《へんか》でしょう！　会議場《かいぎじょう》の雰囲気《ふんいき》は、ふたたび、がらりとかわりました。——つぶやきは消《き》え、物音《ものおと》一つしないしずけさ。ざわめきは消《き》え、息《いき》をこらすはりつめた沈黙《ちんもく》！　この国の苛酷《かこく》な王でさえおそれている大公妃《たいこうひ》です――おそろしく年をとり、金持《かねも》ちで、非道《ひどう》で、人目をさけて、ダイヤの館奥《やかたおく》ふかく、ひっそりと暮《く》らす大公妃《たいこうひ》！

身分《みぶん》のひくいものたちは、大公妃《たいこうひ》のことを魔女《まじょ》と信《しん》じていました。

三びきの未来《みらい》の英雄《えいゆう》の母親たちは、むすこたちのしっぽを、必死《ひっし》にひっぱってすわらせました。でも、むすこたちを、そんなにひっぱる必要《ひつよう》はありませんでした。

「ほう、その子は、ダイヤの館《やかた》のなかにいるんかい？」と、気むずかしそうな声がいいました。

「そのとおりです。」と、ミス・ビアンカは、自分の気持《きも》ちをはげますようにいいました。「この町のまんなかです！　少なくとも、まずそこへいくための危険《きけん》な旅《たび》をする必要《ひつよう》はありません、くらやみ城《じょう》へいったときのように。たとえ目かくしをされても、ダイヤの館《やかた》へいけないものは、ここには、だれもいらっしゃらないと思います。」

「そのとおり。だが、目をあけていけるものがあるかな。」と、その声は、反対《はんたい》しました。

声の主《ぬし》は、みょうに感《かん》じのわるい数学の老教授《ろうきょうじゅ》でした。老教授《ろうきょうじゅ》は、納屋《なや》のダンスパーティーから貸《か》し出《だ》し文庫《ぶんこ》のことにいたるまで、なにかにつけて一言反対《はんたい》しなければおさまらな

い変人《へんじん》でした。ところが、こんどの場合にかぎり、あきらかに会場全体《ぜんたい》が、老教授《ろうきょうじゅ》の意見《いけん》に賛成《さんせい》でした。ミス・ビアンカは、さしせまったようすでバーナードのほうを見ました。──こういう急場《きゅうば》にこそ、バーナード事務局《じむきょく》長《ちょう》の、のっそりした平凡《へいぼん》なようすが、いちばん役立《やくだ》つのです。彼《かれ》は、すぐさま立ちあがり、演壇《えんだん》のはしにむかって、のしのしと歩きました。

「一七七五年に建《た》てられ、したがいまして、わが国で、もっとも歴史的《れきしてき》な建造物《けんぞうぶつ》の一つであります。」バーナードは、まるで観光案内《かんこうあんない》を読むような調子《ちょうし》ではじめました。「もちろん、ダイヤの館《やかた》は、ほんもののダイヤモンドで建《た》てられてはおりません。水晶《すいしょう》をつかって建《た》てられております。したがいまして、館《やかた》そのものについては、なんのふしぎもありません。あたりまえの水晶《すいしょう》の館《やかた》であります。」

「では、大公妃《たいこうひ》も、ごくあたりまえの大公妃《たいこうひ》と考えてよろしいかの？」と教授《きょうじゅ》は、あざわらいました。

「一八八三年生まれ、」と、バーナードは、そうだといわんばかりにつづけました。「故《こ》ティベリュース大公《たいこう》のひとりむすめで、ただひとりの世継《よつ》ぎ。したがいまして、大公《たいこう》の爵《しゃく》位《い》と財産《ざいさん》のすべてをひきついだのであります――それには、ダイヤの館《やかた》と、とある山荘《さんそう》が……」

「山荘《さんそう》など、どうでもよいわ。」と、教授《きょうじゅ》が口をはさみました。「彼女《かのじょ》は、慈善《じぜん》のバザーを一度《ど》でもひらいたことがあるかの？」

「わたしの知るかぎりではありません。」と、バーナードもみとめました。

「では、フラワー・ショウは、どうかの？」

「そのようなこともきいておりません。」と、バーナードは、またみとめました。

「では、ぜったいに彼女《かのじょ》は、あたりまえの大公妃《たいこうひ》ではないぞ。」と、教授《きょうじゅ》は、きめつけま

した。「わしにいわせれば、彼女《かのじょ》は、魔女《まじょ》じゃ。」

教授《きょうじゅ》は、あきらかに会場の意見《いけん》を支配《しはい》しました。

「そうだ、そうだ！」ひくいつぶやきが、会場のあちらこちらからおこりました。これは、バーナードにとって、じつにざんねんなことでした。彼《かれ》は、全力《ぜんりょく》をつくしたのです。――と、ミス・ビアンカが、すばやくすすみでて、バーナードに感謝《かんしゃ》のひとみをおくりました。（バーナードは、そのことを、その夜、めったに書かない日記に書きました。）

「教養《きょうよう》のないかたがたは、」と、ミス・ビアンカは、さわやかにいってのけました。「そのように考えるのがふつうかと存《ぞん》じます。」(これは、数学の教授《きょうじゅ》にとって、もちろん痛烈《つうれつ》な一撃《げき》でした。)「教養《きょうよう》のあるみかたをいたしますれば、大公妃《たいこうひ》は、ただたんに、残酷《ざんこく》な、心の冷《つめ》たい、非道《ひどう》な老女《ろうじょ》にすぎません。もちろん、それだけで、天もゆるさぬ悪《あく》といえましょう！——どなたか、『ジェーン・エア』*をお読みになりまして？」

この質問《しつもん》は突然《とつぜん》でしたけれど、そのじつ、そんなことは、たずねる必要《ひつよう》もありませんでした。図書館員《としょかんいん》ならだれでも知っていることですが、ねずみたちは、たいした読書家です。林のように手があげられました。聴衆《ちょうしゅう》の半数以上《いじょう》が、ジェーンのうけた不当《ふとう》な仕打《しう》ち——高いふみ台に立たされたり、朝ごはんにはこげたおかゆ以外《いがい》なにもあたえられなかったり——を思い出して、会場全体《ぜんたい》がふるえどよめきました。婦人部会《ふじんぶかい》の何びきかは、おたがいの心とミス・ビアンカの心を感《かん》じとって、場所《ばしょ》がらもわきまえず泣《な》き声《ごえ》をあげました。

「みなさんのお気持《きも》ちはよくわかります。」ミス・ビアンカは、しんみりといいました。「しかし、もっともたえがたい苦《くる》しみはなんでしたでしょうか？　すべての愛情《あいじょう》をうばわれたことです。おやすみのキスさえうばわれるとは(わずか八歳《さい》の幼《おさな》いときに)、なんたる迫害《はくがい》でしょうか！」

これをきいて多くの母親ねずみたちは、いわば親の愛情《あいじょう》から、そして、もし自分の子どもたちがこんな不幸《ふこう》にあったらと、想像《そうぞう》して子どもたちにキスをしました。おおぜいのねずみたちがひげをふいているまっさいちゅう、ミス・ビアンカは、いちばん思いきったことをいいはじめました。

「わたくしどもの組織《そしき》の男性会員《だんせいかいいん》のかたがたに、」ミス・ビアンカは、きんちょうを高めながらつづけました。「とてもわたくしのおねがいをつうじさせることは不可能《ふかのう》と思います。男の子は、母の愛《あい》を、なんとあたりまえに、なんとむとんちゃくにうけとっておりますことか！　けれど、女性《じょせい》の胸《むね》は、いかにやさしくとも、雄々《おお》しさにおいておとるものではありません。――わたくしは、男性《だんせい》におねがいいたしません。」ミス・ビアンカは、声を高めました。「婦人部会《ふじんぶかい》のみなさんにおねがいするのです！」

＊『ジェーン・エア』――イギリスの女流《じょりゅう》作家シャーロット・ブロンテの有名《ゆうめい》な小説《しょうせつ》。一八四七年作。

4

なにかが新しくはじまりました！

これまで婦人部会《ふじんぶかい》のねずみたちは、晩《ばん》ごはんをしたくする以外《いがい》は、心おどらせることは、なに一つやってきませんでした。会員《かいいん》たちは、耳をそばだて、ねっしんにききいりました。むちゅうでご主人《しゅじん》をおしのけ、いすの上に立ちあがったものもおおぜいいました。

「この冒険《ぼうけん》が、男性《だんせい》のかたがたにそれほどうたがわしく思えるのなら、」ミス・ビアンカは、まえにもましてやさしく説得《せっとく》するように話しつづけました。「わたくしたち女性《じょせい》がやろうではありませんか。海賊《かいぞく》や武器《ぶき》をもつ番兵《ばんぺい》をおそうようなことを、わたくしはおねがいいたしません。――そんなことは、わたくしたちにできるはずがありませんもの。ペイシェンスを見はっているのは侍女《じじょ》たちだけなのです。もし、わたくしの計画をおききになりたいのなら――」

「きかせて、きかせて！」

「はやく話して！」婦人部会《ふじんぶかい》のねずみたちは、いっせいにさけびました。

「では。まず、ダイヤの館《やかた》に侵入《しんにゅう》します。――事務局長《じむきょくちょう》の説明《せつめい》をおききになったとおり、まったくふつうの館《やかた》です。」ミス・ビアンカは、みんなを安心《あんしん》させるように、こういいました。「ほかの建物《たてもの》に侵入《しんにゅう》する以上《いじょう》にむずかしいことはありません。――つぎに、わたくしの指揮《しき》のもとに、集合《しゅうごう》し、もしみなさんが、したがってくださるなら――」

「異議《いぎ》なし！」婦人部会《ふじんぶかい》のねずみたちは、もう一度《ど》さけびました。

「――合図とともに、チュウチュウ鳴きわめきながら、いっせいに前進《ぜんしん》します。そうすれば侍女《じじょ》たちは、どうすると思います？」

この計画のすばらしさは、みんなにすぐわかりました。

「いすにとびあがるわよ！」と、興奮《こうふん》した声がさけびました。

「とびあがるひともいるかもしれません。」と、ミス・ビアンカは、その考えをみとめました。「でも、ほとんどは逃《に》げだすでしょうね。ちりぢりばらばら、ゆくてかまわず――ドアというドアをあけっぱなして！　ペイシェンスのことなど考えるものは、ひとりもあるはずがありません。――侍女《じじょ》たちが、おそれおののき、おおさわぎをしてるまに、ペイシェンスは、やすやす逃《に》げだすことができるでしょう。こんどは、『わたくしたちの逃《に》げかた』を考えるんじゃなくて、」ミス・ビアンカは、ねずみなかまにつたわるいちばん古い伝説《でんせつ》の『盲目《もうもく》の三勇士《ゆうし》』の話をひきながら、大きな声でいいました。「彼女《かのじょ》たちの逃《に》げかたを見ればいいのです。」

ミス・ビアンカは、女ねずみたちの甲高《かんだか》いさけび声のうずまくまんなかで、こしをおろしました。婦人部会《ふじんぶかい》の一部《ぶ》が、演壇《えんだん》の上に殺到《さっとう》しようとしているかと思えば、ほかの会員《かいいん》たちは、興奮《こうふん》したいくつかのグループにわかれて、館《やかた》に侵入《しんにゅう》する方法《ほうほう》を、あれやこれやと議論《ぎろん》しはじめています。たくましい体操教師《たいそうきょうし》の女ねずみが、いすのさんをつたい走る特別《とくべつ》訓練《くんれん》をみんなのためにやりましょうといいました。雄々《おお》しくだいじな仕事《しごと》にたちむかうことを考えると、彼女《かのじょ》たちは、誇《ほこ》りと熱意《ねつい》ではちきれんばかりでした。ただ、晩《ばん》ごはんのしたくをすることだけが仕事《しごと》だった彼女《かのじょ》たちにとって、なんというすばらしい変化《へんか》でしょう。

もちろん、夫《おっと》たる男ねずみたちが、だまってすわっていられるはずがありません。女ねずみたちが、いく組かにかたまってしゃべっているのを見て、彼《かれ》らもそうしました。（ただ、どちらかといえば、小声でぶつぶつ話し合っていましたが。）そして、いくらもたたぬまに、意見《いけん》をのべる代表《だいひょう》をえらびだしました。ミス・ビアンカが大演説《だいえんぜつ》を終《お》えて、ほっとひといきいれるまもなく、また、例《れい》の教授《きょうじゅ》が立ちあがったのです。

「ちょっとまて、」と、教授《きょうじゅ》はいいました。

ミス・ビアンカは、ため息《いき》をつきました。けれどもいつもの優雅《ゆうが》な態度《たいど》で、片手《かたて》をやさしくあげて婦人部会《ふじんぶかい》の女ねずみたちをしずまらせ、（彼女《かのじょ》らは、教授《きょうじゅ》をだまらせようと、わめきかからんばかりでした。）もう一方の手で、これもやさしく教授《きょうじゅ》にことばをつづけるように合図をしました。

「わしは、だれにもまして、」と、教授《きょうじゅ》はいいはじめました。「婦人部会《ふじんぶかい》の英雄的壮挙《えいゆうてきそうきょ》の可能性《かのうせい》を、つゆうたがうものではない――ましてや、尊敬《そんけい》を一身《いっしん》に集《あつ》めているわが婦人議《ふじんぎ》長《ちょう》の統率《とうそつ》のもとにおいてをや。それどころか、幼子《おさなご》ペイシェンスは、すでに救《すく》われたものとさえ、わしは考えることができる。わしが、ただ一つききたいことは――それをききたいのは、おそらくわしばかりではあるまい――」

（「そうだ、そうだ！」と、男ねずみたちはつぶやきました。）

「――その子どもを救《すく》いだしたのち、われわれは、その子をどうするかということじゃ。

ほかの囚人《しゅうじん》たちは――まともな囚人《しゅうじん》たちじゃが――かえるべき家がある。だが、その子は、わが婦人議長《ふじんぎちょう》がみとめておられるとおり、どこにも家はないのじゃ。」

「もしその子が、そんなに大きくなけりゃ、あたしゃ、ストーブのうしろへ、うちの家族《かぞく》といっしょにつれてってもいいけど。」と、母親らしいねずみがいいました。「一ダースもいるんだから、もうひとりふえたって、たいしてかわりゃしないよ！」

「彼女《かのじょ》は、これから大きくなるということをわすれちゃいかん。」と、教授《きょうじゅ》が忠告《ちゅうこく》しました。「一、二か月たったら、どんなに大きくなることか！　ねずみならたっぷり二百ぴき分ほどの食料《しょくりょう》を、ぱくぱくくらってな！　――その子は、代々《だいだい》われわれが、せわをしなければならんのか？」

教授《きょうじゅ》が勝《か》ち点《てん》をあげたことはまちがいありませんでした。ねずみたちは、自分たちの大《だい》家族《かぞく》を食べさせるだけで、せいいっぱいはたらかなければなりません。婦人部会《ふじんぶかい》の女ねずみたちのひげさえも、力なくたれさがりはじめました。ときには、日曜日のごちそうの仕《し》入《い》れがどんなにたいへんなことなのかを思い出したのです。

ミス・ビアンカと囚人《しゅうじん》友の会に対《たい》して、心からの忠誠《ちゅうせい》と献身《けんしん》をちかった彼女《かのじょ》たちでさえ、そのひげが力なくたれさがってしまうのは、なんともいたしかたのないことでした。

だが、彼女《かのじょ》たちのひげは、ふたたび、しゃんとはねあがりました！

「もちろん、すべてその用意《ようい》はととのえられております。」と、ミス・ビアンカがいいました。「彼女《かのじょ》は〈幸《しあわ》せの谷〉へまいります……」

2

幸《しあわ》せの谷

1

〈幸《しあわ》せの谷〉の農家《のうか》のいごこちのよい、ひろい台所《だいどころ》で、おひゃくしょうとそのおくさんが、晩《ばん》ごはんのあとでくつろいでいました。そこは、とても感《かん》じのよい部屋《へや》でした。家具《かぐ》という家具《かぐ》は、ぴかぴかにみがきこまれ、床《ゆか》には刈《か》ったばかりのかぐわしいイグサがしきつめられ、窓《まど》には、うすみどりの地に茶色のしまもようの、あたたかそうなウールのカーテンを背《せ》に、大きな紅色《べにいろ》の花をほとばしらせたゼラニュームの鉢《はち》がならんでいます。二つの大きなランプ——一つは、おくさんのぬいものかごを照《て》らし、もう一つは、だんなさんの新聞のため——が、それぞれにやわらかなコハク色の光を投《な》げかけています。天井《てんじょう》には、だ

んろのたき火がほのかな光をおくり、さまざまにかわる影《かげ》をうつしています。これほど、こぢんまりとみちたりた、なごやかな安《やす》らぎがあるでしょうか。——けれども、おくさんは、ほっとため息《いき》をつきました。

「なにか気になることがあるのかい、おまえ？」と、だんなさんが、やさしくたずねました。おくさんは、一生けんめい、ほほえもうとつとめました。

「ばかげたことなんですよ、あなた。だんろの火が天井《てんじょう》にうつると、きまってわたしは、死《し》んだ小さな子を思い出すんですよ。あの子は、こういったもんですわ——あなた、おぼえているかしら？——小人がマーケットへおでかけよって。」

「おまえには、まだ大きなむすこがふたりいるじゃないか。」と、おひゃくしょうがいいました。

「それはようくわかっていますし、感謝《かんしゃ》していますよ。」と、おくさんはいいました。「ダンスが終《お》わらなければかえってこないむすこたちのために、かまどで、晩《ばん》ごはんをあたためてありますよ。——わたしの大きな悪童《あくどう》たちったら。とうさんによく似《に》て美男子《びなんし》で、女の子たちの胸《むね》をいためてばかりいるわるい子たち！　でも、やっぱりわたしは、小さいむすめのことを思い出しますよ。」

「わしもおなじだ。」と、おひゃくしょうがいいました。「スリッパをもってきてくれたもんだ……」

「男の子たちも、陽気《ようき》ないもうとがいなくなってさびしがっていますよ。」と、おくさんはいいました。「ほし草の山で、三人いっしょにどんなにたのしくあそんだことでしょう。――冬になれば雪合戦《ゆきがっせん》、春になればキバナノクリンザクラつみにいきましたわねえ！」

「そうとも、秋ともなれば木《き》の実《み》ひろい。」と、おひゃくしょうがいいました。

「ふたりは、ほんとによくいもうとのせわをしましたねえ！　ふたりがいっしょなら、あの子を小川の舟《ふな》あそびにさえいかせたものですよ……キバナノクリンザクラやハシバミの実《み》は、いまでもあるし、やさしいにいさんたちもいるのに、みんなにかこまれて幸《しあわ》せだった小さなあの子は、もういないんですね。」

「あの子は、わしのひざの上にいるときが、いちばん幸《しあわ》せだった。」と、おひゃくしょうが、悲《かな》しそうにいいました。「というよりも、おまえのひざの上かな。」

小さなほのおの影《かげ》が、たるきのあいだをはいったりでたりしました。まるでだれかをさがしているようでした。風の呼吸《こきゅう》かため息《いき》か、窓辺《まどべ》のゼラニュームの紅《くれない》の花びらが、はらはらとちりました。

「ゆうべ、わたしがどんな夢《ゆめ》を見たと思いますか、あなた?」と、おくさんが、しずかにいいました。「小さな女の子が、この家の戸口へやってきて、この家に住《す》まわせてください、そして、愛情《あいじょう》をあたえてくださいというんですよ……」

「はかない夢《ゆめ》だよ。」と、おひゃくしょうはいいました。「そんなことは、考えないことだな。——わしは、食料部屋《しょくりょうべや》でねずみを見かけたぞ。」おひゃくしょうは、もの悲《がな》しい話《わ》題《だい》からおくさんの気持《きも》ちをそらせようと思って、こんな荒《あら》っぽいことをいいました。「ベーコンを少しばかりおくれ、わなをしかけるからな。」

「いけません。わたしの食料部屋《しょくりょうべや》でそんなことはさせません。」と、おくさんはいいました。「『もとめるものには、かじらしめよ』です。」と、おくさんは聖書《せいしょ》のことばをまねしていいました。「食料《しょくりょう》はたくさんありますから、わけてあげましょう!」

2

食料部屋《しょくりょうべや》に侵入《しんにゅう》したねずみは、ほかならぬミス・ビアンカでした！

さて、ここで話を少しばかりまえにもどさねばなりません。

ペイシェンスのおそろしい運命《うんめい》を知るやいなや、やさしいばかりか頭の回転《かいてん》もはやい、ミス・ビアンカは、ペイシェンスの救出《きゅうしゅつ》を決心《けっしん》しただけでなく、彼女《かのじょ》の将来《しょうらい》のことまでも考えてあげたのでした。ただちに、囚人《しゅうじん》友の会の地方会員《かいいん》にくまなく連絡《れんらく》して、のぞましい里親の情報《じょうほう》をあつめました。〈幸《しあわ》せの谷〉からの返事《へんじ》は、ミス・ビアンカをよろこばせました。そこは、国じゅうでいちばん美《うつく》しい土地――ゆたかな田園でした。落穂《おちぼ》ひろいのおひゃくしょうがひろいのこした穀物《こくもつ》が、あぜごとに、一ぴきのねずみがひと冬かかっても食べきれないほどこぼれおちていました。どの農家《のうか》の食料部屋《しょくりょうべや》にも、チーズとソーセージとベーコンが、たっぷりたくわえられておりました。そのゆたかさは、詩人《しじん》でなければうたいあげることのできないほどのものでした。それればかりか、そこに住《す》む幸《しあわ》せな人びとは、大地以上《いじょう》におおらかな心の持《も》ち主《ぬし》でした。〈幸《しあわ》せの谷〉の人びとは、想像《そうぞう》できないほど、ただただ親切で、心のやさしい人びとでした。この谷の農家《のうか》のどのおくさんも、ペイシェンスをひきとることをことわりはしなかったでしょう。――でも、ここで紹介《しょうかい》したご夫婦《ふうふ》が、とりわけふさわしい人たちでした。

それでもミス・ビアンカは、念《ねん》には念《ねん》を入れて調査《ちょうさ》しました。報告《ほうこく》したねずみのいうことは、じゅうぶん信頼《しんらい》できるものでしたけれど、このような冒険《ぼうけん》計画の実行《じっこう》ともなれば、自分の目でたしかめずにはいられませんでした。そこで彼女《かのじょ》は、バーナードにも知られぬように、大使《たいし》のピクニックの機会《きかい》を利用《りよう》したのでした。大使《たいし》の自動車《じどうしゃ》は、目ざす農家《のうか》の門の前の、せまいまがり角でスピードをおとしました。(大きなカシの木が、道はばの半分ほどにおおいかぶさっていました。)というわけで、はからずも大使《たいし》の自動車《じどうしゃ》は、目的地《もくてきち》近くでミス・ビアンカをおろすことになったのです。大使《たいし》のぼうやは(ミス・ビアンカをポケットに入れてつれてきてはいけないことをしっていたので、)声をたてるわけにもいきませんでした。ミス・ビアンカは、走りだして調査《ちょうさ》にむかいました。

彼女《かのじょ》は、いつでも、ものごとを完全《かんぜん》にやる主義《しゅぎ》でした。いきなり家にははいろうとせず、

まず牛舎《ぎゅうしゃ》のなかをのぞきこんでしらべました。——そこは、ゆったりと清潔《せいけつ》で、まんぞくしきったきれいな牛のはく息《いき》で、ほのぼのとしていました。(「とつぜんはいりこむ失礼《しつれい》をおゆるしになってね。」と、ミス・ビアンカはいいました。「いいんだよん、そんなん。」と、まんぞくしきったきれいな牛が、のんびりとこたえました。) そのつぎに、きれいにならんだ野菜畑《やさいばたけ》をよこぎって走りました。畑《はたけ》の角かどに、ラベンダーのしげみがうえてあるのに気づきました。——おひゃくしょうのおくさんが、心やさしい人だというたしかな証拠《しょうこ》です。——それから、ハト小屋《ごや》をのぞきました。ハトの習性《しゅうせい》からいって、整《せい》とんのゆきとどいたハト小屋《ごや》などあるはずがありません。ミス・ビアンカは、しきいのところで立ちどまっただけで、巣箱《すばこ》のうしろの幅《はば》ひろいたなにかかっているはしごをのぼろうとはしませんでした。けれども、ならんでまるくなってねむっているハトたちは、ハトはハトなりに、牛とおなじようにまんぞくしきっているようでした……。

「とてもゆたかな農家《のうか》にちがいないわ。」と、ミス・ビアンカは思いました。

家にはいると、彼女《かのじょ》は、すぐ二階《かい》にあがってみました。まず目についたのは、これまで見たこともないような、小さなかわいい寝室《しんしつ》でした。

窓《まど》には、キンポウゲの花もようのサラサのカーテンがかかっていました。おなじあかるい花もようの羽《は》ぶとんが、子ども用のベッドにかかっています。そして、子ども用の洋服《ようふく》ダンスの上には、人形がずらりとならんですわっていて、小さな女の子があそんでくれるのを待《ま》っているようでした……。

「ほんとに理想的《りそうてき》！」と、ミス・ビアンカは考えました。

おひゃくしょうとおくさんの会話をきいて、ミス・ビアンカは、ますますその気持《きも》ちをつよめました。彼女《かのじょ》は、心もかるく大使《たいし》の一行と合流《ごうりゅう》しました。（まえとおなじカシの木の立っているせまいまがり角で。）そして、かえり道は、月夜のドライブを心ゆくまでたのしみました。

――さて、ここで話を総会《そうかい》の場にもどしましょう。――というわけでミス・ビアンカは、なんの困難《こんなん》もなく出席《しゅっせき》の男性会員《だんせいかいいん》たちをもなっとくさせることができました。ペイシェンスをストーブのうしろ側《がわ》に住《す》まわせたり、また自分たちの日曜日のごちそうを犠牲《ぎせい》にすることなしに、救出《きゅうしゅつ》ができるとわかったのです。婦人部会《ふじんぶかい》の面々《めんめん》は、すばらしい報《むく》いのある冒険《ぼうけん》を、自分たちだけの手でやるんだわという決心《けっしん》を、ますますかためたのでした。

「おひゃくしょうとおくさんのさみしさ、ようくわかるわ。」と、いかにも母親らしいねずみが、ため息《いき》をつきながらいいました。「みなさん、このふたりにふたたび幸《しあわ》せをあたえてあげられるのは、このわたししたちなんだよ！」

けれどもバーナードは、演壇《えんだん》をおりるミス・ビアンカに手をさしのべながら、きびしい目つきで彼女《かのじょ》をにらみました。

3

「きみは、イタチに食べられてしまったかもしれないんだ。」と、バーナードはいいました。

「わたくしは、イタチのそばへなどいきませんでした。」と、ミス・ビアンカはいいました。「森のなかへはぜったいにはいらなかったし、農家《のうか》のあたりを見ただけよ。」

「それでは、番犬だ。」バーナードは、ゆううつそうにいいました。バーナードは、いつでもミス・ビアンカ以上《いじょう》に、彼女《かのじょ》のことを心配《しんぱい》していました。

「でも、おかげさまで、おひゃくしょうたちは、番犬をかっておりませんでしたわ。」と、ミス・ビアンカはいいかえしました。「番犬てかわいそうね！　一日じゅう、自分の首輪《くびわ》にかみつこうとしているんですもの。考えれば考えるほどかわいそうね。」

「もし番犬がいたら、きみのことだ、きっと囚人友《しゅうじん》の会で番犬を助《たす》けようなんていいだしたろうな。」と、バーナードは、きびしくいいました。「きみが、ねこをおそれないのは、知っているが――（くらやみ城《じょう》での冒険《ぼうけん》のことをいっているのです。）――番犬にまで同情《どうじょう》をそそぐようになっちゃ、どう考えてもゆきすぎだ。」

バーナードは、ミス・ビアンカのことを心配《しんぱい》するあまりに、こんなにきびしいことをいったのです。その気持《きも》ちは、ミス・ビアンカにもよくわかりました。彼女《かのじょ》は、バーナードにやさしくほほえみかけ、いそいそと晩《ばん》ごはんのテーブルにむかいました。

テーブルのあちこちで、身《み》ぶり手ぶりの話がはずみました！　ペイシェンスが、〈幸《しあわ》せの谷〉にむかうということが、思いもかけず、たのしい話のたねになったのです。というのも、この会議場《かいぎじょう》に集《あつ》まっていたのは、町のねずみたちばかりでしたが、ほとんどの家族《かぞく》は、いなかにいとこたちがいたからです。クリスマスカードを交換《こうかん》するだけのものもいれば、いっしょにピクニックにいくものもいました。それにしても、たとえ、うわさだけにしても、〈幸《しあわ》せの谷〉のたのしさを知らないねずみは、一ぴきもおりませんでした。――畑《はたけ》のあぜには、ひと冬かかっても食べきれないほどの落穂《おちぼ》がおちているなんて！――「もとめるものには、かじらしめよ」とは、また、なんと親切な！　親ねずみが、むすこのためにと、農家《のうか》のかわりに銀行《ぎんこう》を、住《す》まいにえらんでしまったので、それをくやしがるねずみたちも少なくありませんでした。――そして、彼《かれ》らこそ、〈幸《しあわ》せの谷〉のことを、いちばんむちゅうになって話し合っていました。たまに、頭のきれる男ねずみのなかには、商売《しょうばい》の話にむちゅうになって、ふくざつな刈取《かりと》り機械《きかい》を運転《うんてん》するたのしさに、なんの興味《きょうみ》も示《しめ》さないものがいました。婦人部会《ふじんぶかい》は、もっぱら工場製《こうじょうせい》でなく自家製《じかせい》のベーコンや生チーズやソーセージ、それから、キンポウゲの花もようのカーテンのことばかりしゃべりまくりました……。

男ねずみたちの声のほうが大きかったのですが、コーヒーのでる少しまえ、体操教師《たいそうきょうし》の女ねずみの声が、いちだんと高くひびきました。

からの皿《さら》の列《れつ》をながめわたして――ついさっきまで、油《あぶら》づけの小イワシのしっぽや、やわらかいクリームチーズ、もちろんパン切れなどが山もりだったのですが――

「議事進行《ぎじしんこう》について、議長《ぎちょう》！」体操教師《たいそうきょうし》の女ねずみは、声をはりあげました。「婦人部会《ふじんぶかい》が、英雄的救出作業《えいゆうてききゅうしゅつさぎょう》をなしとげてかえってまいりますときには、男性会員《だんせいかいいん》たちが、晩《ばん》ごはんの準備《じゅんび》をすべきだと思いますが、いかがでしょうか。わたくしは、そう提案《ていあん》いたしたいのです！」

総会《そうかい》はもう終《お》わっていたのですから、その提案《ていあん》は、議事進行《ぎじしんこう》とはかんけいありませんでした。けれどもミス・ビアンカは、その場の空気におされて、賛成《さんせい》の挙手《きょしゅ》をもとめました。

わずかの差《さ》で婦人部会《ふじんぶかい》の――まるできまっていたようなものですが――意見《いけん》が勝《か》ちました。

その夜《よ》

ゆきし子のなつかしき思い出にみち
さみしくすわるふたりの

すがた　あわれ
でも、幸《しあわ》せはやってきます
新しいむすめが
その戸口をおとずれるとき

M・B

3

婦人部会《ふじんぶかい》、救出《きゅうしゅつ》へ出発《しゅっぱつ》

1

囚人《しゅうじん》友の会の婦人部会《ふじんぶかい》のねずみたちにとって、つぎの数日ほど、興奮《こうふん》にみちた日々はありませんでした。体操教師《たいそうきょうし》の女ねずみは、あいた屋根裏部屋《やねうらべや》で突撃《とつげき》の教育《きょういく》をはじめました。たちまち何組も編成《へんせい》されて訓練《くんれん》がはじまりました。いすの二本の足を、のぼりくだり、のぼりくだり――

「がんばって、みなさん！」体操教師《たいそうきょうし》のはげしい声がとびました。――また、スカートのぼりの特別訓練《とくべつくんれん》もおこなわれました。もの干《ほ》しにかけわすれられていたビロードのカーテンが、スカートに見立てられました。女ねずみたちは、家事《かじ》をするよりもはるかに興奮《こうふん》

LIZ
DAISY
MILLY
Polly
P.A.S.L.G.

しました。男ねずみたちが、家にかえってきても、食事《しょくじ》のしたくはめったにできていませんでした。それもそのはず、ねずみの主婦《しゅふ》たちは、いすの足を、のぼったりおりたりしているのですから！　それにもましてたのしいのは、相互助《そうごたす》けあいの精神《せいしん》が高まってきたことです。何週間も口をきいたことのなかったようなおとなりどうしが、おたがいの経験《けいけん》を話し合うようになったのです。――「背中《せなか》からつかまりそうになったんだって？　あたしは、ひざのうしろがあぶなかったのさ。」――とか、タイルの風呂《ふろ》には、塩《しお》をばらまけば、すべりどめになる、というような役立《やくだ》つ知恵《ちえ》を交換《こうかん》したりしました。

はげしい訓練《くんれん》に参加《さんか》することのできないばあさんねずみたちは、ここがうでのみせどころとばかり、訓練《くんれん》後の軽食《けいしょく》を競争《きょうそう》でつくったり、婦人部会《ふじんぶかい》の刺《し》しゅうをつけた腕章《わんしょう》をぬいあげたりして、自分の気持《きも》ちをまんぞくさせました。ストーブのうしろのわが家へペイシエンスを住《す》まわせるといった母親ねずみが、やぶれた風船でにおいよけマスクをつくるという、すばらしい考えを思いつきました。

「おわかりと思うけど、鼻《はな》にくる香水《こうすい》をふせぐためだよ。侍女《じじょ》とかなんとかのたぐいの女たちが、からだにふりかけているあれさ。」と、彼女《かのじょ》は説明《せつめい》しました。「ぱっとひとふりされたら、においのおかげで上も下もわからなくなっちまうからね！」

子どもたちがはれつさせてすてた風船が、いろいろな色だったので、ピンクや青や黄色の小さなゴム製《せい》のマスクがたくさんできました。マスクをかけるととても美人《びじん》に見えるねずみたちもいたので、彼女《かのじょ》たちは、写真《しゃしん》をとりました。

もちろん彼女《かのじょ》たちは、グループごとの写真《しゃしん》もとりました。うでに腕章《わんしょう》をまき、体操教師《たいそうきょうし》の女ねずみをまんなかにして。

うわべは、こんなうわついたにぎやかさでも、目的《もくてき》だけは見失《みうしな》いませんでした。彼女《かのじょ》たちは、訓練《くんれん》が終《お》わるたびに、かならず一つの歌をうたいました。その歌は、ミス・ビアンカがある有名《ゆうめい》な国歌の曲《きょく》にあうように作詞《さくし》したものです。

心して忘《わす》れまじ
小さなペイシェンス
ダイヤの館《やかた》　いざおそわん
われらの勇気《ゆうき》を　いざ示《しめ》さん！

だが、大公妃《たいこうひ》のダイヤの館《やかた》をめぐって、ミス・ビアンカさえ知らなかった秘密《ひみつ》があったのです。知らなかったのが幸《さいわ》いというべきかもしれません。

2

ついに決行《けっこう》の日の朝となりました。その日は木曜日でした。ミス・ビアンカは、婦人部《ふじんぶ》会《かい》の全員《ぜんいん》が、ダイヤの館《やかた》へ徒歩《とほ》で侵入《しんにゅう》する気がまえでいることは、じゅうぶんしょうちでしたが、交通機関《きかん》を利用《りよう》して、全員《ぜんいん》同時に到着《とうちゃく》するほうが、はるかに有利《ゆうり》と考えたのです。そして木曜日こそ、市のごみ集《あつ》め馬車が巡回《じゅんかい》する日だったのです。

信義《しんぎ》にあついミス・ビアンカでした！　ふだん彼女《かのじょ》は、外交官《がいこうかん》用のかばんにはいって、外交官用《がいこうかん》の飛行機《ひこうき》で旅行《りょこう》します。飛行機《ひこうき》のつごうのわるいときだけ、(列車《れっしゃ》の)特等《とくとう》の専用《せんよう》展望車《てんぼうしゃ》か、道路《どうろ》をいくならロールス・ロイスに乗《の》ります。もしその気になれば、大使館《たいしかん》へ毎日かよう大使《たいし》の自動車《じどうしゃ》からとびおりさえすれば、ダイヤの館《やかた》へひとりでさきにいけたのです。けれども、ナポレオンやウェリントン公爵《こうしゃく》*のような偉大《いだい》な指導者《しどうしゃ》たちとおなじように、ミス・ビアンカは部下《ぶか》たちと苦労《くろう》をともにしなければいけないと、自分の気持《きも》ちをいましめました。

「では、においよけマスクを、ただちにかけましょう。」と、ミス・ビアンカは、体操教《たいそうきょう》師《し》にいいました。

体操教師《たいそうきょうし》の女ねずみは、ミス・ビアンカにつぐ指揮者《しきしゃ》でした。ミス・ビアンカとちがい、彼女《かのじょ》は、とても命令《めいれい》ずきでした。

「においよけマスク、かけぇ！」と、さけぶ彼女《かのじょ》の命令《めいれい》一下、ごみ集《あつ》め馬車をまって集《あつ》まっていた婦人部会《ふじんぶかい》の全員《ぜんいん》は、いそいでマスクをかけました。ひものうまくむすべないものもいましたけれど、ミス・ビアンカは、だまって手つだってやりました。そこで、体操《たいそう》教師《きょうし》は、人数をかぞえました――

「どうしたんだろ、おかしいな！」と、体操教師《たいそうきょうし》はいいました。「二十四ひきのはずなんだ――みなさん、動《うご》きまわらないで！　――だが、何回かぞえても二十五ひきいる。二十五ひきめは、だれ？」

じつをもうせば、バーナードだったのです。

ミス・ビアンカのことを心配《しんぱい》するあまり、そして、二度《にど》と自分の目のとどかないところにミス・ビアンカをやるまいと決心《けっしん》したバーナードが、女ねずみにばけようとしたのです。茶色の右うでにべたつくテープで婦人部会《ふじんぶかい》と字のはいった腕章《わんしょう》をまきつけ、ボーイスカウトの仮装着《かそうぎ》のはこからさがしだした大きな婦人帽《ふじんぼう》で、男ねずみの顔かたちをごまかそうとしていましたが、そのばけかたは、あまりうまくありませんでした。ミス・ビアンカの目はごまかせません。彼女《かのじょ》は、じっと見つめて、見やぶりました。――とうぜんミス・ビアンカは、いらいらして、バーナードをすばやく、わきへよせました――

「まあ、あきれました、バーナード。」と、ミス・

ビアンカはいいました。「なんとひどいさま!」

「ひどいさまになるつもりはなかったんだ。」と、バーナードは、もうしわけなさそうにいいました。「婦人部会《ふじんぶかい》のひとりに見えるようにと思っただけだ。そうすれば、きみといっしょにいかれると思ってね。」

ミス・ビアンカは、もう、がまんがなりませんでした。

「バーナード、」彼女《かのじょ》は、さらにきびしくいいました。「どうぞ、事務局長《じむきょくちょう》の品位《ひんい》をわすれないで。あなたの心配《しんぱい》は、とてもうれしいのですけれど、こんどのことは、くらやみ城《じょう》への危険《きけん》な旅《たび》ではないということも、お考えになって! ダイヤの館《やかた》は、あなた自身《じしん》の説《せつ》明《めい》どおり、一七七五年に建《た》てられた歴史的《れきしてき》な建物《たてもの》にすぎません。さあ、おねがいですから、そんなおかしな帽子《ぼうし》をぬいで、おかえりになって!」

そのとき、ごみ集《あつ》め馬車が、みんなの目の前にあらわれ、とまりました。体操教師《たいそうきょうし》の指《し》示《じ》どおり、婦人部会《ふじんぶかい》のねずみたちは、車輪《しゃりん》をつたわり、ごみバケツをつたわり、一ぴきのこらず、ごみ集《あつ》め馬車にかけのぼりました。

「ミス・ビアンカは?」と、何びきかのよび声にこたえて、ミス・ビアンカも、かけの

ぼりました。あとには、しかりとばされたバーナードだけがのこりました。

バーナードは、体操教師《たいそうきょうし》の女ねずみの目さえ、ごまかすことができなかったのです。

「わたしとしたことが、とんだ失敗《しっぱい》をやらかすとこだった。」と、体操教師《たいそうきょうし》はいいました。

「でも事務局長《じむきょくちょう》が、わざわざお見送《みおく》りとは、ご親切さま……」

＊ ウェリントン公爵《こうしゃく》――(一七六九―一八五二)イギリスの将軍《しょうぐん》、政治家《せいじか》。ウォータールーでナポレオン一世《いっせい》を破《やぶ》る。

3

ごみ集《あつ》め馬車は、献身的《けんしんてき》な荷物《にもつ》――うでに腕章《わんしょう》、口ににおいよけマスクの、婦人部会《ふじんぶかい》二十四ひきのねずみ――を乗《の》せてすすみました。鼻《はな》さきをおおった、ピンクと青と黄色の、明るい色のはなやかさが、むかむかするにおいのごみいれのあいだに(手をつないで)すわっているそれぞれの組を、はっきり目立たせました。ミス・ビアンカのマスクだけは、みんなの目につき、そのあとについていかれるように、防水《ぼうすい》した絹《きぬ》でつくった黒マスクでした。ほんとのところ、白テンのような毛の色だけで、じゅうぶん人目につくのに、ミス・ビアンカも、女らしさを強調《きょうちょう》したかったのです。そして、銀白色《ぎんはくしょく》の毛に、黒い絹《きぬ》がどんなに似合《にあ》うか、よく知っていました。じっさい、全員《ぜんいん》そろって、なんとなくなまめかしい一団《だん》でした。とはいうものの、それぞれの胸《むね》のうちで、気高い仕事《しごと》に立ちむかう心意気《こころいき》は、少しもおとろえていませんでした。それどころか、女性《じょせい》ならだれでもわかることですが、自分の最高《さいこう》の美《うつく》しさを見せようとする気がまえが、それぞれを、いちばん美《うつく》しく見せていました……。

ごみ集《あつ》め馬車は、町の早朝のごみを集《あつ》めながら、ごとごととすすみました。それはひどいごみばかりでした。魚のつつみやポテトチップの油《あぶら》とりにつかった紙くずなどは、においよけマスクがなかったら、とてもがまんができなかったでしょう。マスクがあってさえも、からのビールびんからの悪臭《あくしゅう》は、体操教師《たいそうきょうし》をちっ息《そく》させそうになりました。りっぱな教え子たちが、教師《きょうし》の気分がなおるまで馬車の尾板《おいた》のそとに彼女《かのじょ》の頭をささえだすという献身的《けんしんてき》な看護《かんご》がなかったら、彼女《かのじょ》もどうなっていたかわかりません。それだけが、みんなを興奮《こうふん》させたできごとでした。——まがったフォークや、われたジャムのびんや、死《し》んだ子ねこでは、たいした事件《じけん》のおきようもありません。子ねこの死体《したい》を――おそろしい死《し》に神《がみ》の影《かげ》の下で、これまでのねこ族《ぞく》とのすべての不和《ふわ》をわすれて――婦人部会《ふじんぶかい》のねずみたちは、ジャガイモの皮《かわ》の下に、できるだけ丁重《ていちょう》にうめ、ミス・ビアンカが、心からとむらいのことばをささげました。

旅《たび》は、まる一日かかってしまいました。というのも、市当局《しとうきょく》は、ごみ集《あつ》め馬車を一台しかもたず、そのためにこの車は、市内全域《ぜんいき》をまわらなければならなかったのです。(うぬぼれのひどい市のおえらがたたちは、市のお金のすべてをこれみよがしの自分たちの銅像《どうぞう》をたてるのにつかってしまったのです。)しかし、ダイヤの館《やかた》へおそくつくということは、ミス・ビアンカの計画の一部《ぶ》でもあったのです。婦人部会《ふじんぶかい》のねずみたちは、ピクニックのおべんとうを用意《ようい》してきていました。それは、うまいぐあいに死《し》んだ子ねこのためのお葬式《そうしき》のごちそうにさえなりました。昼食のあとで、全員《ぜんいん》ひるねをしました。それからミス・ビアンカは、のこりの時間をつかって、最後《さいご》のうちあわせをしました。

「大公妃《たいこうひ》が、大広間での夜会を終《お》えれば、」と、ミス・ビアンカは、説明《せつめい》しました。「侍女《じょ》たちは、とうぜん大公妃《たいこうひ》にしたがって、寝室《しんしつ》へむかいますでしょう……」

貴族《きぞく》生活の内部《ないぶ》や、宮廷《きゅうてい》の礼儀《れいぎ》作法《さほう》一般《いっぱん》について、ミス・ビアンカのくわしい話は、いつでも婦人部会《ふじんぶかい》のねずみたちを、むちゅうにさせました。女ねずみたちは、うっとりときいりました。

「……めざすペイシェンスは、もちろん彼女《かのじょ》たちといっしょです。」と、ミス・ビアンカはつづけました。「身《み》のまわりのせわをする役《やく》として。彼女《かのじょ》たちは、女主人《おんなしゅじん》がねむるまで寝室《しんしつ》にいるでしょう。わたくしたちは、大公妃《たいこうひ》とは、まったく顔をあわせません。」

婦人部会《ふじんぶかい》の何びきかは、大公妃《たいこうひ》と顔をあわせたいと反対意見《はんたいいけん》をのべました。──英雄的《えいゆうてき》行動《こうどう》にむかう気持《きも》ちの高まりとでもいうのでしょう！

「わたくし個人《こじん》といたしましては、顔見知りにはなりたくありませんわ。」と、ミス・ビアンカは、冷《つめ》たくいってのけました。（これは、彼女《かのじょ》にしたがうねずみたちに、また新たな信頼感《しんらいかん》をあたえました。）「それとおなじように、わたくしたちは、大公妃《たいこうひ》の執事《しつじ》ともあいません。──男ですから、もちろん大公妃《たいこうひ》の寝室《しんしつ》にははいれません。館《やかた》の住人《じゅうにん》でわたくしたちがであうのは、大広間をとおってもう一度《ど》あらわれる侍女《じじょ》たちと、そのなかにまじったペイシェンスだけです。」

「そして、そのときなんですね、わたしたちが、いっせいにおそいかかるのは？」と、体操教師《たいそうきょうし》が、いきごんでいいました。

「まさに、そのとおりです！」と、ミス・ビアンカはいいました。

「そこで、かわいそうな女の子をつれさるんだね。」と、母親らしいねずみがさけびました。「それから、みんなで、その子が〈幸《しあわ》せの谷〉へいく旅費《りょひ》を寄付《きふ》するんかね？」

「そのとおりです！」と、ミス・ビアンカはいいました。

「その子は、まず、わたしたちといっしょにきて、お茶でも飲《の》むわけにはいきませんか――男の連中《れんちゅう》に見せるためにも？」と、ほかのねずみがさけびました。

「よろこんできてくださると思います！」ミス・ビアンカは、にっこりとわらいました。

このような幸《しあわ》せな計画を話しているうちに、旅《たび》ののこりの時間は、たちまちすぎさったように思えました。そして、ついにダイヤの館《やかた》が、遠くに見えはじめると、だれかが興奮《こうふん》してさけんだひと声を皮切《かわき》りに、婦人部会《ふじんぶかい》のねずみたちは、いっせいにさけびました。

「あそこよ、あそこよ！」

ゆくてに見えるのは、まぎれもないダイヤの館《やかた》でした。

4
ダイヤの館《やかた》

1

それは、氷山《ひょうざん》のように――壮大《そうだい》で、まばゆく、美《うつく》しく、冷《つめ》たく――かがやいていました。

とても、ふしぎなながめでした。ダイヤの館《やかた》のあまりの美《うつく》しさに、世界《せかい》の各地《かくち》から観光《かんこう》客《きゃく》がやってきて、外壁《そとかべ》の上にそびえて見える、きらめく手すりやバルコニーや小塔《しょうとう》や尖塔《せんとう》をほめたたえるのでした。観光客《かんこうきゃく》たちは、塔《とう》の上部《じょうぶ》の窓《まど》にはまっている精巧《せいこう》なガラスもようをくわしく見るために、双眼鏡《そうがんきょう》をつかわなければなりませんでした。――また、天気のよい日には、サングラスをかけなければなりませんでした。水晶《すいしょう》の各面《かくめん》に日の光があたり、プリズムのように七色の光を反射《はんしゃ》させるからでした。観光客《かんこうきゃく》が見ることのできるのは、ダ

TOURS

イヤの館《やかた》の上の部分《ぶぶん》だけでしたけれど、彼《かれ》らは、有名《ゆうめい》なブレナム宮殿《きゅうでん》やベルサイユ宮殿《きゅうでん》やタージ・マハール霊廟《れいびょう》にもおとらず美《うつく》しいと、ほめたたえました。ところがふしぎなことに、美《うつく》しいながめにどんなによろこび、また、その日がどんなにあつい日であっても、観光客《かんこうきゃく》が見物《けんぶつ》を終《お》えて馬車に乗《の》ると、冷《つめ》たさを感《かん》じるのでした。

館《やかた》の内部《ないぶ》は、なんともいえぬ冷《つめ》たさでした。

氷《こおり》の冷《つめ》たさでした。

ダイヤモンドの冷《つめ》たさでした。

小さな女の子の両手《りょうて》は、いつでも氷《こおり》のように冷《つめ》たくなっていました。大きなガラス戸だなにならんだダイヤモンドの人形や、シャンデリアの大粒《おおつぶ》のダイヤモンドや、あらゆる家《か》具《ぐ》にはめこまれた無数《むすう》のダイヤモンドの粒《つぶ》をみがかねばならなかったからです。

もし、みがきかたがわるければ、むちでうたれ……。

きっと、このような冷《つめ》たさが、馬車のなかの観光客《かんこうきゃく》につたわったのでしょう。

2

いっぽう、婦人部会《ふじんぶかい》のねずみたちは、ごみ集《あつ》め馬車からおりて、裏口《うらぐち》の戸のしきいの下から一列《れつ》になってもぐりこみながら、ダイヤの館《やかた》の冷《つめ》たさにもめげず、興奮《こうふん》でからだをほてらせていました。神経《しんけい》のほそいねずみが一、二ひきだけ、ぴくぴくっとからだをふるわせました。ミス・ビアンカは、商人《しょうにん》の出入りする裏口《うらぐち》からはいることにいや気がさして、ぴくりとからだをふるわせました。――と、彼女《かのじょ》は思ったのです。

「でも、ごみ集《あつ》め馬車できたんだから、しかたがないことね。」と、ミス・ビアンカは、自分をなっとくさせました。ほかのねずみたちは、あたりまえの食器部屋《しょっきべや》の天井《てんじょう》のはりを、見あげておどろいたり、(台所《だいどころ》にしのびこんで)大きなかまどの上の大きなはりを見あげたりして、もうすでに大広間にしのびこんだような気がしていました!

たしかに、料理《りょうり》のにおいはなにもしませんでした。おそい時間から考えて、とうぜん食《しょっ》器《き》洗《あら》いの時間と思われるのに――なんのもの音もしませんでした。

「へんだわ!」と、ミス・ビアンカは思いました。「十二人いるときいた侍女《じじょ》の一人ひとりに、小間使《こまづか》いがつくはず。だから、少なくとも二十四人が食事《しょくじ》をすることになる。——それだけの人間が食事《しょくじ》をして、そのあとかたづけが、こんなに早くすむはずがない。しかも、皿洗《さらあら》いの下働《したばたら》きがひとりもはたらいていないなんて!」

彼女《かのじょ》は、ひとりで思いをめぐらしました。そして、大広間は、ふつう二階《かい》にあると、すぐ気づきました。

「あの、あら織《おり》のとばりのむこうへでたらどうかしら?」と、ミス・ビアンカは、みんなにむかっていいました。「とばりのむこうへでて、大階段《だいかいだん》をのぼるのよ、きっと……」

もちろんミス・ビアンカは、宮殿《きゅうでん》になれていました。ねずみたちにとって、ミス・ビアンカが指揮者《しきしゃ》であるということは、幸運《こううん》なことでした。彼女《かのじょ》がいなければ、ねずみたちは、水晶《すいしょう》の岩の地下室にしのびこんだまま永久《えいきゅう》にでられなくなってしまったかもしれません。けれどもミス・ビアンカの先導《せんどう》のおかげで、まちがいのない廊下《ろうか》を安全《あんぜん》にすすみ、あぶない戸は、すべてさけてとおりました。

「でも、執事《しつじ》の部屋《へや》を、ちょっとのぞいてみるわ。」と、ミス・ビアンカはいいました。

彼女《かのじょ》は、しきいの下からすべりこみました。部屋《へや》のなかでは、大公妃《たいこうひ》の執事《しつじ》が、両手《りょうて》をまくらにテーブルにうつぶして、いびきをかいていました。そのよこには、酒《さか》びんが立っています。ミス・ビアンカは、飲《の》みすぎをさげすんでいましたが、まんぞくそうにうなずきました！——そこで彼女《かのじょ》は、婦人部会《ふじんぶかい》のねずみたちを先導《せんどう》して、これと思う召使《めしつか》い用の石段《いしだん》をのぼり、ついに、全員《ぜんいん》そろって整然《せいぜん》と地上の階《かい》に侵入《しんにゅう》しました。

ここでねずみたちは、息《いき》ぎれをしずめるために、ひとやすみしました。——これまでだした力をとりもどすだけでなく、大階段《だいかいだん》のすばらしさを目《ま》のあたりに見たからです！　幅《はば》の広いりっぱな階段《かいだん》が、一階《かい》の正面《しょうめん》入口の広間から二階《かい》のアーチ形天井《てんじょう》の回廊《かいろう》にむかって、馬蹄形《ばていけい》にゆったりと弧《こ》をえがいてつづいています。（ギリシャのかぎもようの）手すりには、数センチメートルおきにダイヤモンドのかざりがびっしりはめこんでありました。一段《だん》ごとに金色のじゅうたんをとめてあるとめがねにも、おなじかざりがはめこんでありました。——ミス・ビアンカは、ダイヤモンドなど無視《むし》して、その上に足をのせ、まるで安物《やすもの》のじゅうたんの上でも歩くようなつもりで、かろやかにかけあがりました。

けれども、大階段《だいかいだん》のきらびやかさも、大広間のそれにくらべれば、色あせて見えました。

床《ゆか》があんまり広いので、ねずみたちには、むこうのはしが見えないほどでした。天井《てんじょう》からは、なにものにもくらべることのできないほどまばゆい、ダイヤモンドの大きなシャンデリアが六つさがっていました。壁《かべ》ぞいの飾《かざ》り戸だなのなかには、ダイヤをちりばめた美術品《びじゅつひん》が、ガラスごしに、十二月の太陽《たいよう》にきらめく霜《しも》のようにひかっていました。そして、大広間のまんなかの一段《だん》高い壇《だん》の上に、とりわけまばゆいものがひかっていました。——大公妃《たいこうひ》のいすでした！

そのいすは、二頭の竜《りゅう》の彫《ほ》り物《もの》が、サメ皮張《がわば》りの座《ざ》を両側《りょうがわ》から支《ささ》えるような形につくられていました。二頭の竜《りゅう》の目玉にはめこまれたダイヤモンドの大きさは、クルミほどもありました。いすの前には、ダイヤモンドの蛇《へび》がそのまわりをとりまいた、サメ皮張《がわば》りの足のせ台がありました。

ミス・ビアンカは、内心、すべてが、ひどく下品《げひん》な趣味《しゅみ》だと思いました。けれども、うしろにしたがう一団《だん》のねずみたちが、すっかり気をのまれたようすをちらっと見て、いまは、室内装飾《そうしょく》の趣味《しゅみ》について、話すべきときではないと思いました。そんなことより、いますぐ、はるかに役立《やくだ》つのは、（それに、いずれにしても、ねずみたちが、ダイヤモンドのシャンデリアなど、たとえ分割払《ぶんかつばら》いにしても買うはずはありませんもの。）ほかのねずみたちとおなじようにおどろいたふりをすることでした。

「すばらしいわ！」と、ミス・ビアンカは、おどろきの声をあげました。「ほんとに、なんとすばらしいこと！　こんなすばらしいものを、これまで見たおぼえがありませんわ。」

婦人部会《ふじんぶかい》の何びきかのねずみたちも、「わたしたちも、見たことがないわ。」と、つぶやきました。

「これよりも、もっと信《しん》じられないことがおこるなんて。」と、ミス・ビアンカは、うれしそうにひとりごとをいいました。それでいて、ほかのねずみたちにもきこえるように、じゅうぶん大きな声でいいました。「考えてもごらんなさい。一時間もたたぬまに、この館《やかた》のすばらしい部屋《へや》べやが、わたくしたち囚人友《しゅうじん》の会の勝利《しょうり》の姿《すがた》でみたされるんですもの！　――大公妃《たいこうひ》の侍女《じじょ》たちが逃《に》げまわり、」ミス・ビアンカは、声を高めていいました。「そのまにペイシェンスが、自由《じゆう》の身《み》になるのです。――そんな光景《こうけい》こそ、こんなりっぱな部屋《へや》べやでけっしておこったことのない大事件《だいじけん》にちがいないですわ。婦人部会《ふじんぶかい》のみなさんの目が、ダイヤモンドにくらまず、竜《りゅう》におじけず、義務《ぎむ》にむかってのみはっきりとひらかれているのは、ほんとに神《かみ》のお恵《めぐ》みでなくてなんでしょう!」

そのことばは、ミス・ビアンカのおもわくどおり、したがうねずみたちの気持《きも》ちをふるいたたせました。彼女《かのじょ》たちは、せきをきったように、きおいたってしゃべりはじめ、いつまでもとまらないので、体操教師《たいそうきょうし》のねずみが、みんなをだまらせなければなりませんでした。そこで彼女《かのじょ》たちは、もう一度自信《どじしん》をつよめ、ミス・ビアンカの指示《しじ》どおり散開《さんかい》して、壁《かべ》ぞいの戸だなの下にかくれ、侍女《じじょ》たちとペイシェンスがあらわれたら、ミス・ビアンカの合図で、いっせいにとびだす体勢《たいせい》にはいりました。

ミス・ビアンカは、自分からすすんで、大公妃《たいこうひ》の足のせ台の真下《ました》に陣《じん》どりました。——また身《み》ぶるいしましたけれど、それは、なんとも趣味《しゅみ》のわるい足のせ台のせいだろうと思いました。

こわいどころかミス・ビアンカは、時間が刻一刻《こくいっこく》とたつにしたがい、ますます自信《じしん》をつよめました。すべてがまちがいなく、彼女《かのじょ》の予想《よそう》どおりでした。大公妃《たいこうひ》の侍女《じじょ》たちと少女ペイシェンスは、まだ寝室《しんしつ》で大公妃《たいこうひ》が寝《ね》るのをまっています。執事《しつじ》は、だれの目にもはっきりと、仕事《しごと》からはなれています。すべてをもれなく考え、ミス・ビアンカが、ねずみに追《お》われてあわてふためく侍女《じじょ》たちの逃《に》げ道《みち》を思いうかべながら、ただ一つ気がかりだったのは、どちらかといえば、気どった案《あん》でした……。

「体操《たいそう》の先生！」ミス・ビアンカは、そっとよびました。

「はいっ、議長《ぎちょう》！」戸だなのうしろからとびだし、必要以上《ひつよういじょう》に人目につくほどはねとんできて、体操教師《たいそうきょうし》はこたえました。

「もし、やりがいのある役目《やくめ》をひきうけてくださる気がおありなら、」と、ミス・ビアンカは、小声でいいました。「わたくしが、ひとりでペイシェンスをひきうけますから、あなたは、みんなをひきいて、侍女《じじょ》たちを追《お》い立《た》ててくださらないかしら――」

「それは、たしかに、わたしに適任《てきにん》！」と、体操教師《たいそうきょうし》は、声を大きくしてこたえました。

「では、あなたならきっと、侍女《じじょ》たちを大階段《だいかいだん》から正面玄関《しょうめんげんかん》にむかって追《お》いおとしてくださるわね。」

この計画は、まったく気どっていたというわけではありませんでした。ミス・ビアンカは、自分からすすんで、商人入口《しょうにん》からダイヤの館《やかた》に侵入《しんにゅう》しました。彼女《かのじょ》がごみいれがきらいだということと関係《かんけい》なしに、ミス・ビアンカは、少女ペイシェンスの自由《じゆう》への第《だい》一歩は、もっと価値《かち》ある出口からふみだすべきだと考えたのです。ですから、侍女《じじょ》たちが、あわてであける戸は、どの戸なのか、はっきりさせておきたかったのです。

「それは、わたしにおまかせください、議長《ぎちょう》！」と、体操教師《たいそうきょうし》は、大声でいいました。

「かならず正面《しょうめん》の戸をひらかせます！」

けれども、婦人部会《ふじんぶかい》はもちろん、ミス・ビアンカも知らないなにかが、大公妃《たいこうひ》の館《やかた》の内《ない》部《ぶ》にひそんでいました。

それは、まもなくわかります。

3

とつぜん、いすのおかれた壇《だん》の反対側《はんたいがわ》の戸がひらきました。そして、そこから、六人ずつ二列《れつ》にならんで、大公妃《たいこうひ》の侍女《じじょ》たちがはいってきました。床《ゆか》になびくビロードのスカートはもちろん、うなずくように動《うご》くダチョウの羽《はね》かざりまでふくめて、彼女《かのじょ》たちの背《せ》の高い、直立した姿《すがた》が、水晶《すいしょう》の床《ゆか》に、まったくおなじようにうつって、十二人でなく、ぜんぶで二十四人いるように見えました。かといって、婦人部会《ふじんぶかい》の面々《めんめん》は、おじけづいたでしょうか？　とんでもありません！

「すすめ！　かかれ！」体操教師《たいそうきょうし》が、甲高《かんだか》い声でさけびました。

婦人部会《ふじんぶかい》の全員《ぜんいん》は、小さな蒸気機関車《じょうききかんしゃ》のようなときの声をあげながら殺到《さっとう》しました。むこうみずに、ビロードのスカートのはしからのぼりはじめました……。スカートの列《れつ》は、少しもまどわず、機械《きかい》のようになめらかに動《うご》きつづけます。体操教師《たいそうきょうし》がかみついたスカートさえもです。

数秒《すうびょう》もたたぬまに、おそるべきことがあきらかになりました。大公妃《たいこうひ》の侍女《じじょ》たちは、いすにとびあがるどころか、ねずみをまったくこわがらなかったのです！

事実《じじつ》――この事実《じじつ》だけで余分《よぶん》の説明《せつめい》は必要《ひつよう》なかったかもしれません――彼女《かのじょ》たちは、生きている侍女《じじょ》ではなかったのです。人間でない、歯車《はぐるま》で動《うご》くおそろしい怪物《かいぶつ》だったのです。

5

おそろしい真実《しんじつ》

1

侍女《じじょ》たちのつかえる大公妃《たいこうひ》は、魔女《まじょ》どころか、魔女以上《まじょいじょう》におそろしい人間でした。彼女《かのじょ》が魔法《まほう》をつかうといえば、魔法《まほう》のすべてがわるいことのようにきこえてしまいます。彼女《かのじょ》は、魔法《まほう》つかいよりもっとわるいやつでした。だいたい魔女《まじょ》なんていうものは、力のないお人よしで、ちょっとした魔法《まほう》(黒でも白でも)をつかえれば、魔女《まじょ》たる資格《しかく》があるのです。ところが大公妃《たいこうひ》は、生まれたときからもっていた富《とみ》と権力《けんりょく》で、ほしいままに、みにくいおそろしい性格《せいかく》を身《み》につけていたのです。

かつてはダイヤの館《やかた》に、ふつうの人間の侍女《じじょ》たちがいたことがありました。けれども大《たい》公妃《こうひ》の気性《きしょう》が、あまりにも独裁的《どくさいてき》だったために、どんなおとなしい侍女《じじょ》でも、大公妃《たいこうひ》のごきげんを損《そん》じないではいられませんでした。もし、ひとりのおとなしい侍女《じじょ》がにっこりわらえば、大公妃《たいこうひ》は、自分をあざわらったとおこり、ほかの侍女《じじょ》が、真剣《しんけん》な顔をしていれば、不平《ふへい》があるのだろうとせめるのでした。また、気がるに話をしようとした三番目の侍女《じじょ》は、おしゃべりオウムとさげすまれ、用心ぶかく口をつぐんでいた四番目は、口のきけないなまくらとののしられました。大公妃《たいこうひ》は、こんなむちゃくちゃな悪口雑言《あっこうぞうごん》を、いいたいほうだい、いいつづけたばかりか、自分は、やわらかいふとんをおいたいすにすわったまま、侍女《じじょ》たちを一日じゅう立たせつづけておきました。――おまけに、十五分おきに、ていねいにおじぎをさせる以外《いがい》は、身動《みうご》きひとつゆるしませんでした。そして一時間ごとに、侍《じ》女《じょ》たちは、時の数だけおじぎをしなければなりませんでした。大公妃《たいこうひ》は、このおじぎの数で時間を知るのが好《す》きでした。あわれな侍女《じじょ》たちは、口をきくことをこわがり、だまっていることをこわがり、ほほえむことをおそれ、まゆをひそめることをおそれ、しかも、すわることさえおそれました！　それでも、人なみはずれた従順《じゅうじゅん》さと責任感《せきにんかん》のつよさで一人ひとりえらばれた侍女《じじょ》たちは、じっとたえていました。ところが、ある真夜中《まよなか》に、六人以《い》上《じょう》の侍女《じじょ》たちが気を失《うしな》ってたおれたとき、大公妃《たいこうひ》は、いやがらせにしたのだとわめきたて、全員《ぜんいん》をくびにしてしまいました。

「四十八時間立ちつづけても気絶《きぜつ》しない侍女《じじょ》たちをさがしてきやれ！」大公妃《たいこうひ》は、執事《しつじ》に甲高《かんだか》い声で命《めい》じました。「そのうえ、だまりっぱなしでなく、しかも、わたしのききたくないことはなにもしゃべらないものをじゃ！」

悪知恵《わるぢえ》のはたらく執事《しつじ》は、三日間考えて、(大公妃《たいこうひ》は、そのあいだベッドに寝《ね》たままでした。)友だちの、これも悪知恵《わるぢえ》のはたらく時計職人《しょくにん》をたずねました。それから三日後、大《たい》公妃《こうひ》がおきあがってみると、控《ひか》えの間に、これまで見たこともないような、完全《かんぜん》な侍女《じじょ》がひとり立っていました。大公妃《たいこうひ》が近づくと、その侍女《じじょ》は、かるくひざをついて、ていねいにおじぎをし、それから、もとのように立って身動《みうご》きひとつしませんでした。指《ゆび》さきどころか、かみの毛一本動《うご》かしませんでした！

「ふむ。」と、大公妃《たいこうひ》はいいました。

「大公妃《たいこうひ》さまのお気にめすまま。」と、侍女《じじょ》がいいました。

「おまえ、そのまま、時計の針《はり》が四周《しゅう》するまで立っていられるのかえ？」と、大公妃《たいこうひ》が、

うたがわしそうにききました。

「大公妃《たいこうひ》さまのお気にめすまま。」

と、侍女《じじょ》はいいました。

「ふむ。」と、大公妃《たいこうひ》は、くりかえしいいました。「おまえは、ちと単《たん》調《ちょう》すぎるけど、たまたまわたしのききたいことばは、それだけじゃ。

――やとうんじゃ。」と、大公妃《たいこうひ》は、執事《しつじ》にむかっていいました。

「大公妃《たいこうひ》さまは、もちろんお気づきになられたことと存《ぞん》じますが、」

と、執事《しつじ》が、少し心配《しんぱい》そうにいいました。「大公妃《たいこうひ》さまの人なみおすぐれになった観察力《かんさつりょく》で、すでにお気づきのことと存《ぞん》じますが、この侍女《じじょ》は、ロボットでございまして……」

「なに、ロボットだと？　いや、気がつかなかったぞえ。」と、大公妃《たいこうひ》はいいました。

「なおさらけっこう！　――これとおなじものを、もう十一注文《ちゅうもん》しやれ。」

そこで執事《しつじ》は、もう十一注文《ちゅうもん》しました。

それでもまだロボットの侍女《じじょ》たちにできないことが、いくつかありました。たとえば、朝、大公妃《たいこうひ》にくつをはかせたり、夜、かつらをはずしたりすることです。（大公妃《たいこうひ》は、とても気位《きぐらい》が高いので、どんなささいなことでも自分でやりませんでした。）また、ロボットの侍女《じじょ》たちは大広間のあらゆるダイヤモンドのかざりを、みがくこともできませんでした。なによりも大きな欠点《けってん》は、しかられたときひるんだり、おおばかものとののしられて、なみだを流《なが》して泣《な》くことができなかったことです。人間でなければ、いってもむだなことがあるものだと、大公妃《たいこうひ》は考えました！　――そこで、ひとりだけ、人間をやとうことにきめました。ちっぽけで弱虫で、自分の気のむくままに泣《な》かせることができて、くつとかつらと、ダイヤモンドのかざりのせわをさせるひとりだけ。

さて、それから、孤児《こじ》の少女のうわさが耳にはいるたびに、執事《しつじ》は、すぐさま手下をやって、さらってこさせました。ペイシェンスは、そうやってつれてこられた少女たちの最《さい》後《ご》のひとりでした。これまでさらわれてきたほかの子どもたちは、みんな若死《わかじ》にしてしまったのです。

ペイシェンスの日々の暮《く》らしのみじめなこと！ ――残酷《ざんこく》な大公妃《たいこうひ》のあごのさしずやよび声で走りまわっているのでなければ、氷《こおり》のように冷《つめ》たくなった指《ゆび》で、一日じゅう、あたりをみがいていました。毎朝、大公妃《たいこうひ》にくつをはかせることだけでも、ひどいものでした。――痛風《つうふう》でふくれたつまさきを、大きなダイヤモンドのついたとめがねの下におしこむのです。そのうえ、大公妃《たいこうひ》の足がいたむ朝は、くるぶしにほうたいがまいてあります！ ――それにもましていやなのは、毎晩《まいばん》、大公妃《たいこうひ》のかつらをはずすことでした。それは、一年に一度《ど》も手入れをしたことのない、見るもいやらしいかつらでした。ポマードでかためたカールが、年ごとにてらてらとよごれ、ちりばめられた大きなダイヤモンドのかざりもうすよごれ、まるで、油《あぶら》だらけの不潔《ふけつ》なハリネズミをあつかうようにあつかわねばなりませんでした。ペイシェンスは、自分の指《ゆび》を刺《さ》さずに、一度《ど》もそのかつらを、かつら立てに立てることができませんでした。ペイシェンスのもっている、たった一枚《まい》のハンカチににじんだ血《ち》のあとが、その証拠《しょうこ》です……。

しかし、なににもましてあわれなのは、ミス・ビアンカが、総会《そうかい》で話したように、ペイシェンスは、すべての愛情《あいじょう》をうばわれてしまったことです。

少女は、本能的《ほんのうてき》に愛情《あいじょう》のまねごとのようなものさえ求《もと》めました。ある夜おそく(大公妃《たいこうひ》のかつらをかたづけたあとで)彼女《かのじょ》は、大公妃《たいこうひ》の衣装部屋《いしょうべや》で、侍女《じじょ》のひとりが立っているのをみつけました。といっても、べつにかわったことではありません。夜の番の侍女《じじょ》だったのです。ペイシェンスにしても、この侍女《じじょ》が、ピンクのビロードのガウンをきていなければ、ほかの侍女《じじょ》たちと、なんの区別《くべつ》もつかなかったでしょう。けれども大広間のダイヤモンドのシャンデリアからはなれたところで、衣装部屋《いしょうべや》の窓《まど》からの、いくらかやわらいだ光が、いたずらをしたのでしょう。侍女《じじょ》のエナメルぬりの顔が、瞬間《しゅんかん》、まるで生きた人間のそれに見えたのです——しかも、やさしくさえ見えたのです。ペイシェンスは、走りよってピンクのビロードのスカートのすそを、両手《りょうて》でにぎりしめました。

「ねえ、おねがい、少しでもいいからわたしに話しかけて。」と、ペイシェンスはたのみました。「ひとりぼっちでさみしいの！　それ以上《いじょう》なにもたのまないわ。——わたしには、あなたの立場がよくわかるんですもの。――でも、あなたが、ほんの少しでも、わたしに話しかけてさえくだされば、ね、わたしたち、お友だちのようになれるかもしれないのに。」ペイシェンスは、一生けんめいたのみました。「わたしは、どうしようもないほど、お友だちがほしいの！」

ペイシェンスは、ほっとことばをとめました。まるで侍女《じじょ》が、ほんとうにこたえようとしているように思えました。

そうです。侍女《じじょ》は、こたえました。――ちょうど時計が一時をうったので、まず、ていねいに、ひとつおじぎをしました。

「大公妃《たいこうひ》さまのお気にめすまま！」と、侍女《じじょ》はこたえました。

「わたしに、それをいっちゃだめ。」と、ペイシェンスはたのみました。「わたしは、大《たい》公妃《こうひ》じゃないのよ！　ね、小さな女の子にいうことばをなにかいって！」

「大公妃《たいこうひ》さまのお気にめすまま。」と、侍女《じじょ》はいいました。

すると、この侍女《じじょ》の機械《きかい》がどこかくるってしまったのでしょう。ペイシェンスが、ひざをついたまま、まだ信《しん》じたい気持《きも》ちで、両手《りょうて》にもったピンクのビロードのスカートのはしをほおにおしつけていると、人間の声でない甲高《かんだか》い声が、とまらず、くりかえしはじめました。

「大公妃《たいこうひ》さまのお気にめすまま、大公妃《たいこうひ》さまのお気にめすまま、大公妃《たいこうひ》さまのお気にめすまま……」

2

どれほど献身的《けんしんてき》であっても力のない婦人部会《ふじんぶかい》のねずみたちが、こんな怪物《かいぶつ》に対《たい》してなにができるでしょう？　ざんねんながら逃《に》げだしたのは、婦人部会《ふじんぶかい》のねずみたちでした！

床《ゆか》をはらうスカートが、機械《きかい》のようにいっせいにすすんでくると、ねずみたちの半数以《い》上《じょう》は、もう退却《たいきゃく》していました。――おそろいのピンクのビロードのスカートのすその下にはいた、はがねのくつの、かたいくつ音が、まだきこえもしないうちにです。ねずみとり機《き》のばねそっくりのくつ音がきこえはじめると、ねずみたちの混乱《こんらん》は、収拾《しゅうしゅう》がつかなくなりました。――あわてふためき、おそれおののき、かけつころびつ、すべってチュウチュ

ウ鳴きだし、キーキーと悲鳴《ひめい》をあげ、婦人部会《ふじんぶかい》のねずみたちは、こんなにはやく走れるものかと思うほど、いちもくさんに逃《に》げだしました！

ミス・ビアンカだけをのこして。

侍女《じじょ》たちが、大公妃《たいこうひ》のからのいすをかこんで半円形にとまったとき、大広間では、ミス・ビアンカと小さな少女だけが、むきあっていました。

その子は、ほんとに小さな女の子でした。ミス・ビアンカは、たしか八歳《さい》ときいていたのですが、その子は、五、六歳《さい》にしか見えませんでした。それほどひどく栄養《えいよう》がたりなかったのです。やせたうでと、細いくびすじは、寒《さむ》さで青ざめていました。ちゃんとブラシをかければきっとかわいいはずの、すきとおるような金髪《きんぱつ》のもつれ毛は、たばねただけで、青白いやせたほっぺたのあたりにたれていました。まるで、すてられたかかしの子どものように見えました。けれども、むかしは、よい育《そだ》ちだったにちがいありません。その証拠《しょうこ》に、まず少女の口からでたことばは、こうでした。

「かわいそうな、おちびさん！」と、少女はいいました。「かわいそうな、小ねずみさん！　みんなぶじに、おうちにもどれたかしら！」

「その心配《しんぱい》はありません。」と、ミス・ビアンカは、どちらかといえば、にがにがしそうにいいました。「体操教師《たいそうきょうし》の指揮《しき》のもとにいるのですもの！」――彼女《かのじょ》は、そこで自分をおさえました。婦人部会《ふじんぶかい》は、なぜ、逃《に》げかえらなければならなかったのかしら？　ほんとに。逃《に》げかえることが、彼女《かのじょ》たちの義務《ぎむ》ではなかったはずなのに。――雄々《おお》しい、善意《ぜんい》にみちた努力《どりょく》が、すべて完全《かんぜん》に失敗《しっぱい》したので？　彼女《かのじょ》たちは、家族《かぞく》のことが心配《しんぱい》で……？

「家族《かぞく》のことが心配《しんぱい》で。」と、ミス・ビアンカは、逃《に》げたわけをいいました。

「まあ、かわいいわね！」と、ペイシェンスは、ため息《いき》をついていいました。「でも、あなたは、ここにいるの？」と、ねがうようにききました。

ミス・ビアンカは、答えにまよいました。彼女《かのじょ》は、ずらりとならんだ侍女《じじょ》たちの列《れつ》を、すばやくながめました。いまは、じっと動《うご》きません。といって、おそろしさがへったわけではありません。でも、少なくとも、じっと立ったまま動《うご》きません。――もしかしたらと、ミス・ビアンカは考えました。彼女《かのじょ》の計画は、まだ役立《やくだ》つかもしれない？――侍女《じじょ》たちはだめだとしても、出口の戸を、ペイシェンス自身《じしん》の力で、あける方法《ほうほう》があるかもしれない。

「あなたは、正面《しょうめん》のとびらをあけられますか？」と、ミス・ビアンカはききました。「いいえ、だめよ。」と、ペイシェンスはいいました。「あのとびらは、けっしてひらかれることがないの！」

「では、裏口《うらぐち》の戸は？」と、ミス・ビアンカは、思いきってきいてみました。

「裏口《うらぐち》の戸も、かぎがかかりっぱなしなの。」と、ペイシェンスがいいました。「そのかぎがどこにあるか、わたしにはわからない。——ね、おねがい、ここにいてくださるといって、そして、わたしのお友だちになって！」

少女は、嘆願《たんがん》するようにやせた両手《りょうて》をあわせました。心からそうねがう少女のやせた両《りょう》ほおに、なみだが、したたりおちました。それは（とくにミス・ビアンカにとっては）こばむことのできないねがいでした。

「はい、わたくしたちが、いっしょにここをでるまでは！」と、ミス・ビアンカは、約《やく》束《そく》しました。

3

ミス・ビアンカは、自分の気《き》持《も》ち以《い》上《じょう》に、かたいことばでいいました。ペイシェンスがミス・ビアンカをだいて――かぞえきれぬほど数の多い水晶《すいしょう》のまわり階段《かいだん》をのぼり、そして、さらにのぼり坂《ざか》になった、せまいまがった水《すい》晶《しょう》の通路《つうろ》をとおり――屋根裏《やねうら》の小さな寝室《しんしつ》にはいると、ミス・ビアンカは、骨《ほね》のずいまで寒気《さむけ》を感《かん》じました。

「あの窓《まど》の外に見えるのは、もしかしたらつららでは？」と、きいてみました。

「いいえ。」と、ペイシェンスはいいました。「いやらしい、水晶《すいしょう》の彫《ほ》りものよ。」

「では、ベッドのわくのまわりの氷《こおり》のかたまりは？」と、ミス・ビアンカはききました。

「あっ、それはみんな、ダイヤモンドよ。」と、ペイシェンスはいいました。「どんなに寝《ね》ごこちがわるいか、想像《そうぞう》もつかないくらいよ！　でもね、おねがいだから、あなた、わたしのよこにはいってね？」

ペイシェンスは、そまつなふくをぬいだだけで、ベッドにもぐりこみました。（あわれな少女が、パジャマさえもっていないことに、ミス・ビアンカは、気がつきました。もっとひどいことには、歯《は》ブラシさえないのです。ペイシェンスは、からだをきれいにするために、冷《つめ》たい水のはいったつぼに、一枚《まい》のぼろきれをひたしてつかうだけでした。）ミス・ビアンカは、毎晩《まいばん》オーデコロンでマッサージをする習慣《しゅうかん》でしたけれど、うすっぺらなまくらの上でも、いつもの優美《ゆうび》さを失《うしな》わず、しずかにからだをまるくしてやすみました。――いつまでもねむれずに寝《ね》がえりをうち、あさいねむりの夢《ゆめ》からさめては、さめざめと泣《な》きだすのは、ミス・ビアンカでなくてペイシェンスのほうでした。

「かわいそうに、夢《ゆめ》のなかだけで、」と、ミス・ビアンカは、同情《どうじょう》しながら考えました。「むかしこの子がうけた、すべての愛情《あいじょう》を思い出しているのだわ……。」

「しずかにおやすみなさい。」と、ミス・ビアンカはやさしくささやきました。「ねむれるようにうたってあげましょうか?」

「ええ、おねがい。」と、ペイシェンスはいいました。「ずっとむかし、わたしが、まだ小さかったとき、毎晩《まいばん》おやすみなさいの歌をうたってもらったことをおぼえているわ……。」

そこでミス・ビアンカは、やさしい、銀《ぎん》の鈴《すず》をふるような声で、子守歌《こもりうた》をうたいはじめました。

むかしむかし　レモンツリーとライラック
むかしむかし　ユリのつぼみと木の葉《は》っぱ
二羽《わ》のキジバトすんでいた　古い古いニレの木に
悲《かな》しみわすれ　なげきをわすれ

おお　レモンツリーと子守歌《こもりうた》　おお　ラベンダー　ライラック
おお　むかしむかしと子守歌《こもりうた》　ユリのつぼみと木の葉《は》っぱ

彼女《かのじょ》は、その子守歌《こもりうた》をくりかえし三度《ど》うたいました。はじめの二度《ど》は、ペイシェンスがうたってくれとせがみました。三度目《ど》に、少女は、なみだにぬれたまつげをかたくとじ、ミス・ビアンカの、やわらかいひんやりした毛にほおよせて、すやすやとねむりました。

4

ミス・ビアンカは、いつまでもねむれませんでした。

せまくるしかっただけではありません。（からだを動《うご》かせば、ペイシェンスのねむりをさまたげはしないかと気になりました。）また、ダイヤモンドのはめこまれたベッドが、とても寝《ね》ごこちがわるかったためでもありません。（ミス・ビアンカのきゃしゃなからだは、まくらごしに、ダイヤモンドのいぼいぼを、一つ一つ感《かん》じてしまいました。ちょうど、あるおひめさまが、二十枚《まい》のふとんをとおして、一つぶの豆《まめ》を感《かん》じたのと、まったくおなじでした。）自分のせとものの塔《とう》にいるときでも、精神的《せいしんてき》な心配《しんぱい》ごとは、ミス・ビアンカのねむりをさまたげました。

ミス・ビアンカは、情況《じょうきょう》を考えれば考えるほど、いっそう不安《ふあん》に思えてくるのでした。――婦人部会《ふじんぶかい》は、完全《かんぜん》に敗走《はいそう》してしまったし、自分は自分で、みんなで救出《きゅうしゅつ》するはずだった囚人《しゅうじん》といっしょに、ダイヤの館《やかた》で、とらわれの身《み》になってしまった。――そのうえ、ロボットの侍女《じじょ》たちにとりかこまれている！

正直にいって、彼女《かのじょ》だけは逃《に》げださなかったものの、ロボットの侍女《じじょ》たちは、ミス・ビアンカをふるえあがらせました。彼女《かのじょ》は、くらやみ城《じょう》で、看守《かんしゅ》たちをおそれませんでした。彼《かれ》らは、残酷《ざんこく》で不潔《ふけつ》だったけれども、少なくとも生きものでした。つまり、ねこやイタチや、ほかのねずみの仇敵《きゅうてき》たちが、それなりに生きものであるのとおなじように。けれども、冷《つめ》たい非人間《ひにんげん》の侍女《じじょ》たちのことを思い出すと、ミス・ビアンカは、おそろしさにふるえだしました。まさしく、魔女《まじょ》のしわざです……。

「婦人部会《ふじんぶかい》が、正確《せいかく》な報告《ほうこく》さえしてくれれば！」と、ミス・ビアンカは思いました。「バーナードが、気づいてさえくれれば！」

けれども、バーナードのことを思い出しても、彼女《かのじょ》の気は安《やす》まるどころか、かえって不《ふ》安《あん》になりました。

「ああ、彼《かれ》にあんなにきびしいことをいわなければよかった！」借《か》りものの婦人帽《ふじんぼう》の下のバーナードのまじめくさった顔や、彼《かれ》をしかりつけておいはらったときの、傷《きず》つけられた表情《ひょうじょう》などを思い出しながら、ミス・ビアンカは、自分を責《せ》めました。

「なんと、不親切《ふしんせつ》だったことか。」と、ミス・ビアンカは、ため息《いき》をつきました。「もっとわるいわ。なんと、失礼《しつれい》だったことか！」

礼儀《れいぎ》正《ただ》しさと、ひとの気持《きも》ちを理解《りかい》することで、めったに失敗《しっぱい》したことのないミス・ビアンカは、ただ一度《ど》の失敗《しっぱい》のために、くやんでもくやみきれませんでした。でも、それは、とうぜんゆるされるべき失敗《しっぱい》でした。――ごみ集《あつ》め馬車をまっていたあの瞬間《しゅんかん》には、彼女《かのじょ》の気《き》持《も》ちがいらついていたのは、とうぜんのことでした。――でも、いま、真夜中《まよなか》をすぎ、すべてのものが暗黒《あんこく》に見えるとき、彼女《かのじょ》は、バーナードが、永久《えいきゅう》に彼女《かのじょ》を見すて、そのうえ、もしかしたら、議長《ぎちょう》の後任《こうにん》として、体操教師《たいそうきょうし》の女ねずみをすいせんするようなことをしても、彼《かれ》には、じゅうぶんすぎるほどの理由《りゆう》があるのだとさえ思いはじめました……。

と思うと、ひとりでにふかいため息《いき》がでて、ミス・ビアンカは胸《むな》さわぎをおぼえました。

――かすかなため息《いき》が、かたわらの少女の、あさいねむりをさまたげてしまいました。

「あなたも不幸《ふこう》なのね？」と、ペイシェンスが、ねむそうな声できました。

ミス・ビアンカは、少なくとも、二度《にど》と失礼《しつれい》なことはしませんでした。

「いいえ、とんでもない。」と、ほがらかそうにいいました。「あなたのような、すばらしい小さなお友だちがいるんですもの！」

ミス・ビアンカは、彼女《かのじょ》のなめらかな、ひんやりした毛が、ペイシェンスのほおに、おやすみなさいのキスをするようなぐあいに、そっとからだの位置《いち》をなおしました。ふたりは、やっとねむりました。――ふたりをとりまいて、残忍《ざんにん》な冷《つめ》たいダイヤの館《やかた》が、しずまりかえっていいます。ペイシェンスとミス・ビアンカは、冷《つめ》たい残忍《ざんにん》な心臓《しんぞう》の中心に、あたたかさと愛情《あいじょう》のほんのちっぽけな火をともしました。

6 ◇◇◇◇◇ 会議場《かいぎじょう》では

1

いっぽう、敗《やぶ》れた婦人部会《ふじんぶかい》のねずみたちは、むりもないと思いますが、うまく体裁《ていさい》をつくろいました。といってだれが、彼女《かのじょ》たちをせめられましょう。――逃《に》げかえったうえに、男ねずみたちが、彼女《かのじょ》たちのかえりをまっているとなれば、はずかしいこと、このうえなし、ではありませんか？

体操教師《たいそうきょうし》が、指揮《しき》をとりました。ダイヤの館《やかた》から、一ぴきのこらずねずみたちをつれだしたのも彼女《かのじょ》でした。これまでボーイスカウトの会で、ウサギ狩《が》りや、宝《たから》さがしのようなゲームを、かぞえきれないほど何回も指導《しどう》したことのある彼女《かのじょ》は、大階段《だいかいだん》から商人《しょうにん》用の裏《うら》口《ぐち》までの通路《つうろ》を、まちがいなくおぼえていました。そして（しきいの下をとおるねずみたちを、一ぴきずつたしかめたのち、）全員《ぜんいん》を、新聞社の社員専用《しゃいんせんよう》の夜中のバスに乗《の》せたのでした。そのバスは、会議場《かいぎじょう》のある地下室のそばをとおりました。

会議場《かいぎじょう》にはいるまえ、彼女《かのじょ》は、行方不明《ゆくえふめい》になったものがないことをたしかめるために、もう一度《ど》、いそいで人数をかぞえました。――もちろん、不幸《ふこう》なミス・ビアンカをのぞいて、全員《ぜんいん》そろっていました。――そして、身《み》なりをととのえさせました。

「右むけ右。そして、前のひとの背中《せなか》の毛をきれいにする！」と、体操教師《たいそうきょうし》は、号令《ごうれい》をかけました。「ひげをなでつけ、腕章《わんしょう》をまっすぐにする！」こうして身《み》なりをととのえると、どうやら、婦人部会《ふじんぶかい》のねずみたちは、敗《やぶ》れたようには見えませんでした。それどころか――「耳を立てえ！」――と、体操教師《たいそうきょうし》を先頭に彼女《かのじょ》たちが会議場《かいぎじょう》に行進《こうしん》してはいってくるのを見れば、彼女《かのじょ》たちは、とてもスマートで、勝利《しょうり》を誇《ほこ》っているようにさえ見えました。
まっていた夫《おっと》やむすこやきょうだいたちが、いっせいに立ってむかえました。

「囚人《しゅうじん》友の会および委員会《いいんかい》に報告《ほうこく》いたしまあす。」と、体操教師《たいそうきょうし》はさけびました。「囚《しゅう》人《じん》友の会婦人部会《ふじんぶかい》は、ほとんど完全《かんぜん》なる成功《せいこう》をおさめるところであったことを、よろこん

で報告《ほうこく》いたしまあす！」

そのとたん、演壇《えんだん》上のバーナードの合図により、女ねずみたちにとって、不相応《ふそうおう》な、大歓声《だいかんせい》がわきおこりました。

「ご婦人《ふじん》たち、でかしたぞ！」

「おばさん、えらいぞ！」とか、

「おじょうさんたち、よくやった！」という歓声《かんせい》が、いっ、たるきをゆるがしました。

「たしかに、わたしたちは、よくやったと思います。」

と、体操教師《たいそうきょうし》は、ひかえめにいいました。「まきおこされた混乱《こんらん》は、その場にいあわせないものには、とても信《しん》じられないものでした！　少女につきましては――」

彼女《かのじょ》は、そこで、ことばをきりました。というのも、ここから報告《ほうこく》は、あやしげになるからです。それに、男ねずみたちは、ざわざわと入口のほうにいそぎはじめました。――ペイシェンスを、自分の目で見ようといそいで立ちあがるねずみが多いので、マッチばこのいすは、みるみる空《くう》席《せき》が目だちはじめました。体操教師《たいそうきょうし》のことばから、彼《かれ》らは、ペイシェンスが(からだが大きいので、なかにはいれないのだろう。でも、)とうぜん会議場《かいぎじょう》の外にいると思ったのです。

外をまっさきにのぞいたねずみたちのなかに、数学の老教授《ろうきょうじゅ》がまじっていました。老教《ろうきょう》授《じゅ》は、体操教師《たいそうきょうし》の目から見れば、ぞっとするような表情《ひょうじょう》を顔にうかべてもどってきました。

「ふむ。」と、彼《かれ》はいいました。「外にはおらんな。子どもは、どこじゃ?」

みんな、死《し》んだようにおしだまりました。演壇《えんだん》上のバーナードは、立ちあがって、とても心配《しんぱい》そうな顔つきで、ずらりとならんだ婦人部会《ふじんぶかい》のねずみたちを、ながめまわしました。

婦人部会《ふじんぶかい》のねずみたちのあいだに、ミス・ビアンカの姿《すがた》を見かけなかったバーナードは、いまのいままで、ひかえめなミス・ビアンカのことだから、栄光《えいこう》の瞬間《しゅんかん》に、婦人部会《ふじんぶかい》に花をもたせたのだろうと想像《そうぞう》していたのです。――あるいは、もしかしたら、ペイシェンスといっしょに外にいて、少女をはげましているか、それとも、みんなにいうお礼《れい》のことばを教えているのではないかと考えたりしていたのです……。

「少女は、すでに、〈幸せの谷《しあわ》〉にいるのかな？」と、教授《きょうじゅ》はたずねました。

「いいや、まだ、そこにいるとは、」と、体操教師《たいそうきょうし》はいいました。

「では、そこへむかうとちゅうということかな？」

「というわけでもありません。」と、体操教師《たいそうきょうし》は、真実《しんじつ》をみとめました。「じつのところ、少女は、まだダイヤの館《やかた》におります……」

「では、ミス・ビアンカは、どこにいるんだ？」と、バーナードは、さけびました。

「ええと、彼女《かのじょ》も、また、ダイヤの館《やかた》におります。」と、体操教師《たいそうきょうし》は、ほんとのことをいいました。

バーナードが演壇《えんだん》のはしに、ずしずしと近よると、鉢《はち》が二つころげおちて、六つにわれました。

「きみは、ミス・ビアンカを、おきざりにしたというのか？」

体操教師《たいそうきょうし》は、これまでスポーツで何回も、危機一髪《ききいっぱつ》というときに、味方《みかた》を勝利《しょうり》にみちびいていています！　彼女《かのじょ》のそのうでは、高く買われています。

「とんでもない。ミス・ビアンカが、のこったのです。」と、バーナードのことばを訂正《ていせい》

しました。

「わたしとしましては、見あげた行動《こうどう》だと思いました。――さて、わたしたちは、たっぷりとごちそうをいただけるはずですね。」体操教師《たいそうきょうし》は、きびきびといいました。「まさか、男性《だんせい》のみなさん、おわすれではないでしょう？」

2

男性《だんせい》たちは、晩《ばん》ごはんをわすれたのでも、だささなかったのでもありません。――ただ、自分たちの手で準備《じゅんび》したかどうかということになると、専門《せんもん》の仕出《しだ》し屋《や》にたのんだというのがほんとうのことです。ですから結果的《けっかてき》には、じつにすばらしい晩《ばん》ごはんになりました。ア・ラ・ハツカネズミと名づけられたちぎれたコールド・ベーコン。そのとなりに、カラシをつけてあぶったイワシ骨《ぼね》と、手つかずの肉ゼリーかけシラウオ。テーブルの中心をかざるのは、ブドウのたねをはめこんだマシュマロ。飲《の》みものは、ニワトコの果実酒《かじつしゅ》。お酒《さけ》飲《の》みでないかたには、水道の水。どちらも、お飲《の》みになりたいだけ。（食欲《しょくよく》は、なんと早く高尚《こうしょう》な気持《きも》ちを消《け》してしまうことでしょうか。）ねずみたちが、席《せき》につくと、ふたたびおなじ歓声《かんせい》がきかれました。

「おばさん、えらいぞ！」

「ご婦人《ふじん》たち、でかしたぞ！」

数学の教授《きょうじゅ》さえ、この晩《ばん》さんを軽《けい》べつしませんでした。子ねずみたちといっしょになって、シラウオをつつきました。彼《かれ》が、ニワトコ酒《しゅ》をがぶ飲《の》みするのを見て、ほかのねずみたちが、こぞってまねたほどでした！

たった一つだけ、席《せき》が、あいていました。ミス・ビアンカの席《せき》でした。そして、とちゅうから、バーナードの席《せき》があきました。

3

バーナードは、とてもいっしょにさわぐ気になれませんでした。失礼《しつれい》にならないていどに、なるべくはやく、ぬけだしました。

バーナードは、婦人部会《ふじんぶかい》のねずみたちを、これ以上《いじょう》問いつめてみても、まったくむだだとさとりました。──事実《じじつ》、彼女《かのじょ》たちのひげが、たちまち、たれさがったり、からだの毛が、さかだったりするのをみると、問《と》いつめようとする、きびしい気持《きも》ちさえなくなってしまいました。

とにかく、彼女《かのじょ》たちは、やろうとしたんだ。(冒険《ぼうけん》など、まったく知らなかった彼女《かのじょ》たちが)純粋《じゅんすい》に英雄的行動《えいゆうてきこうどう》をおこなったのだ。だから、いま彼女《かのじょ》たちが、その行動《こうどう》を、いちばんよく見せようと、とりつくろっていても、だれが、それをせめられよう?

しかしバーナードは、ひとりものの部屋《へや》で、夜ふけまで、床《ゆか》を見つめて歩きまわっていました。

7

大《たい》公《こう》妃《ひ》

1

悲《かな》しい気持《きも》ちでミス・ビアンカとペイシェンスは、ふかいねむりにおちました。どんな危険《きけん》がせまっても、目をさまさなかったでしょう！

けれどもペイシェンスは、目がさめて、まくらの上にミス・ビアンカの姿《すがた》をみつけると、にっこりわらいました。何か月ぶりかのわらいです。

「まあ、かわいらしい！」彼女《かのじょ》は、うれしそうにいいました。「夢《ゆめ》かと思ったわ！」

「夢《ゆめ》ではありません。」と、ミス・ビアンカはいいました。――そして、いまこそ自分を紹介《しょうかい》すべきだと思いました。「わたくし、ミス・ビアンカです。」

ペイシェンスは、このあいさつを、まともにうけませんでしたけれど、それは、彼女《かのじょ》が、相手《あいて》のいないさみしい生活をおくってきたからで、ミス・ビアンカは、すぐに、子どもっぽい失礼《しつれい》をゆるしてやりました。

「まあ、かわいい!」と、ペイシェンスは、声をたてました。「そんなかわいい名まえのお友だちができて、うれしいわ! ──それから、あなたが、ゆうべおっしゃったように、わたしたちいっしょに、このおそろしいところから、ほんとに、でていくの?」

ミス・ビアンカは、気分が、とてもさわやかになっていました。(ふつう、朝は、だれでも気分がさわやかなものです。)それに、バーナードが、けっして彼女《かのじょ》を見すてるはずがないと信《しん》じることができて(その確信《かくしん》は、まえの章《しょう》に書かれたとおり、まったくあやまっていませんでした。)とても元気よく、うなずきました。

「できるだけ、はやい機会《きかい》に。」と、ミス・ビアンカは、約束《やくそく》しました。「それまでは、ぜったいに、うたがわれるようなことをしないで、これまでとおなじように、お仕事《しごと》をつづけなければだめよ。第《だい》一番目のお仕事《しごと》はなに?」

ペイシェンスは、もぞもぞと服《ふく》をきながら、ため息《いき》をつきました。

「まず、大広間をみがくことよ。それから、大公妃《たいこうひ》にくつをはかせ、きたない、いやらしいかつらをかぶせ、それがすめば、朝の引見《いんけん》があるの――」

「そう！」と、ミス・ビアンカはいいました。「わたくしもでてみるわ。」

正直なところ、これは、ミス・ビアンカの名誉《めいよ》だけの問題《もんだい》でした。彼女《かのじょ》は、自分の勇気《ゆうき》をためすために、この決心《けっしん》をしたのです。引見《いんけん》や貴婦人《きふじん》たちなどには、あきあきしていましたし、とくに、ここの主人《しゅじん》のようなみにくい下品《げひん》な大公妃《たいこうひ》の前に、ごきげんうかがいにでるなぞ、まっぴらごめんでした。本心では、屋根裏部屋《やねうらべや》に、ひとりでのこっていて、大《たい》公妃《こうひ》の顔なぞ見ないほうが、ずっとのぞましいことでした。でも彼女《かのじょ》は、ゆうべ寝《ね》ながら、自分が、ロボットの侍女《じじょ》たちのことをこわがったことを、みとめたのです。おそれは、ミス・ビアンカの軽《けい》べつする感情《かんじょう》でした。そして、いま自分をふたたびとりもどした彼女《かのじょ》は、自分の名誉《めいよ》にしみをつけたまま、ダイヤの館《やかた》を去《さ》ることは、ぜったいにできないと感《かん》じたのです。そこで、怪物《かいぶつ》たちともう一度《ど》対決《たいけつ》して、しみをぬぐいさろうと決心《けっしん》しました。

彼女《かのじょ》は、いつものように念入《ねんい》りにお化粧《けしょう》をしました。――あまり長い時間がかかるので、ペイシェンスは、仕事《しごと》に走っていかなければなりませんでした。どんなに奇妙《きみょう》な場所《ばしょ》であっても、貴族《きぞく》の館《やかた》は館《やかた》です。育《そだ》ちのよさを示《しめ》すためにもと、ミス・ビアンカは、とくべつ気をつかって、毛のつやをだし、ひげをそろえました。そして、銀《ぎん》のネックレスを、きらきらひかりだすまで――ダイヤモンドのようにではなく――一時間もかけてみがきました。ダイヤモンドのようになんて、とんでもありません！――細いほそい月の光の糸のようにひかりだしました。そこで彼女《かのじょ》は、はじめて大広間にむかいました。

2

ペイシェンスは、大公妃《たいこうひ》のお化粧《けしょう》を手つだうために、さっきから寝室《しんしつ》にはいっていました。けれども侍女《じじょ》たちは、大広間にいました。

悪趣味《あくしゅみ》ないすをかこんで半円形にならんだままでした。一晩《ひとばん》じゅう、ぴくりとも動《うご》かなかったのです！

ミス・ビアンカは、侍女《じじょ》たちにむかってすすみました。――いまは、指《ゆび》一本、くつさき一つ動《うご》きません！

「よくみれば、生きていない機械《きかい》なのに。」ミス・ビアンカは、ピンクのビロードにつつまれたからだのそばに立ちどまって考えました。「だから、あんな大きな足音をたてたんだわ！」

彼女《かのじょ》は、そのまわりを、ぐるりとまわって歩きました。ピンクにオレンジにむらさき――クジャク色、みどり、黄、紅《くれない》――ビロードのスカートが、さまざまな色にあやしくひかりました。そのうえ、びっしりと金色の刺《し》しゅうがほどこされ、のりのきいたペチコートで、かたく形がととのえられていました。

「ほんとにすばらしい、みせものができるわ！」と、ミス・ビアンカは思いました。けれども、スカートのすそは、そよとも動《うご》かず、くつのかかとは、ことりとも音をたてません。

「なんとわたくしたちは、まぬけだったこと。」と、ミス・ビアンカは考えました。「婦《ふ》人部会《じんぶかい》もわたくしも、お金はかかってるかもしれないけれど、なんでもない人形をこわがるなんて！」

するとそのとき、あたりの空気が、からだにしみこむように冷《つめ》たくなりました。

「こんなにすきま風の吹《ふ》くお城《しろ》ってあるかしら！」ミス・ビアンカは、きのうの失敗《しっぱい》を反省《はんせい》しながら考えました。――というよりも、考えはじめたというべきかもしれません。なぜなら、つぎの瞬間《しゅんかん》、大公妃《たいこうひ》のいすを置《お》いた壇《だん》に面《めん》したドアがひらき、まず執事《しつじ》、つづいてペイシェンス、そして大公妃《たいこうひ》そのひとが、はいってきたのです。

ミス・ビアンカほど勇気《ゆうき》があり、またミス・ビアンカほど理性《りせい》があっても――そして、侍女《じじょ》たちに対《たい》してなんのおそれもなくなったいまでさえ――背《せ》の高い大公妃《たいこうひ》のおそろしい姿《すがた》を見た瞬間《しゅんかん》、まったくものごとを考えられなくなってしまうほど、とつぜん総毛立《そうけだ》ってしまいました。

3

大公妃《たいこうひ》は、おっそろしく背《せ》の高い女でした。侍女《じじょ》たちよりも高く、絞首台《こうしゅだい》のようにやせさらばえていました。かつらについたよごれた星は、床《ゆか》から、少なくとも二メートル以上《いじょう》の高さに見えました。かつらの星粒《ほしつぶ》だけが彼女《かのじょ》の身《み》につけていたダイヤモンドではなく、ふといネックレスや帯《おび》かざりのくさりのダイヤモンドが、胸《むね》に、そして腰《こし》のまわりにたれさがり、くつのとめがねにも、大きなダイヤモンドがついていました。つえのねじれた柄《え》にはめこまれたまばゆいダイヤモンドは、いすを支《ささ》える竜《りゅう》の頭の目玉にはめこまれたものよりも、もっと大きなものでした。

ミス・ビアンカが、こんなこまかいことに先に気づいたのは、大公妃《たいこうひ》のあまりの無気味《ぶきみ》さに一瞬《いっしゅん》たじろいで、その顔を、まともに見ることができなかったからでした。

ミス・ビアンカは、大公妃《たいこうひ》の顔を、一目見て、また顔をそむけました。その顔つきは、ゴシック建築《けんちく》の屋根《やね》の水の落《お》とし口についている鬼《おに》をほったほりもの師《し》がほったのか、まるで悪魔《あくま》のようにグロテスクで、石のように生気がなく、それでいて、尊大《そんだい》で、利己的《りこてき》な、そして残忍《ざんにん》な、（もっとも悪《わる》い）人間の性格《せいかく》を、はっきりとあらわしていました。ひたいには、怒《いか》りのふかいしわがきざまれ、鼻《はな》の下には、高慢《こうまん》のすじがゆらめき、口のまわりでは残忍《ざんにん》さそのものが、勝《か》ちほこるようにひきつっていました。

「空気が冷《つめ》たいのは、」ミス・ビアンカは、つじつまのあわないことを考えました。「とうぜんだわ！」――そして、ふるえがとまらなくなりました。

ゆっくりと、侍女《じじょ》たちの列《れつ》のあいだへ、大公妃《たいこうひ》ははいっていきました。――そして、と

おりすぎながら、軽《けい》べつするように侍《じ》女《じょ》たちをけりました。

「こうされて、おまえたちは、なんといいやる？」と、大公妃《たいこうひ》は、せせらわらうようにききました。

いっせいに歯車《はぐるま》のまわるような機械《きかい》の声——

「大公妃《たいこうひ》さまのお気にめすまま！」と、すべてのロボットの侍《じ》女《じょ》たちはこたえました。

「あたりまえじゃ。」大公妃《たいこうひ》は、いすにすわりながら、にたりとわらいました。「だが、おそろしく、つまらない答えじゃな！　こら、そこの子ども、おまえなら、なんという？

——まだ、足のせ台もおいてないぞえ。」

「おゆるしください、大公妃《たいこうひ》さま、わたくしは——わたくしは、大公妃《たいこうひ》さまがおすわりになるのを、まっていたものですから。」と、ペイシェンスは、口ごもりながらいいました。

ペイシェンスが、足のせ台をきめられた場《ば》所《しょ》におくと、大公妃《たいこうひ》のつえが、彼女《かのじょ》の手首をうちすえました。少女は、いたさにたえかねて悲《ひ》鳴《めい》をあげました。

「けっこう、けっこう！」大公妃《たいこうひ》は、口をゆがめてわらいました。「人間らしい声だ！　そう思わんかえ？　そこの、うすのろじじい。」

「おおせのとおりでございます、大公妃《たいこうひ》さま！」と、執事《しつじ》は、こびへつらうようにいいました。「ほんとに人間らしい声でございます！　そのために、とくべつこの子をえらんだのでございます。」

「では、もう一度泣《どな》かせてみようかえ！」大公妃《たいこうひ》は、歯《は》をむきだしていいました。

たとえ、他人《たにん》の身《み》におこったことでも――ミス・ビアンカは、うちすえられるという侮辱《ぶじょく》を目のあたりに見たことは、一度《ど》もありませんでした。ペイシェンスが、しりごみすると同時に、ミス・ビアンカも、また、しりごみしました。このあいだずっと、彼女《かのじょ》は、ひとりの侍女《じじょ》のスカートの下にかくれていて、だれの目にもつきませんでした。ですから、彼女自身《かのじょじしん》は、直接危険《ちょくせつきけん》に身《み》をさらしていたのではありません。それにもかかわらず、からだじゅうの全神経《ぜんしんけい》が、こまかくふるえました。そして、むりにも身《み》をのりだして、低《ひく》くさがってきた残忍《ざんにん》な、ダイヤモンドをちりばめた姿《すがた》を見た瞬間《しゅんかん》、その邪悪《じゃあく》の力のまえには、全身《ぜんしん》の力が、なえていくのを感《かん》じました。くらやみ城《じょう》での経験《けいけん》さえも、なんの役《やく》にも立ちませんでした。

「ああ、単純《たんじゅん》な魔女《まじょ》の魔法《まほう》にかかったぐらいなら、ほんとによかったのに！」と、ミス・ビアンカは思いました。「ああ、バーナード、」彼女《かのじょ》は、心のなかでいいました。「おねがい、はやくきて！——もし、わたくしが、あなたのかざりけのない、美《うつく》しい性格《せいかく》を、少しでも思いちがえていたのなら、どうぞ、おゆるしになって。そして、すぐに、きて！」

4

けれども、その日がすぎ、つぎの日がすぎ、また、つぎの日がすぎても、バーナードは、あらわれませんでした。

囚人《しゅうじん》友の会から、新たに編成《へんせい》された救助隊《きゅうじょたい》がくるでもなく——婦人部会《ふじんぶかい》からはがき一枚《まい》くるでもなく、なんの連絡《れんらく》もありませんでした。

その理由《りゆう》は、なんとなく複雑《ふくざつ》でした。囚人《しゅうじん》友の会が、婦人議長《ふじんぎちょう》を失《うしな》ったことを、ささいなことがらと考えているというような、わるい空想《くうそう》はやめましょう。それどころか、ひきつづいて何回もおこなわれた総会《そうかい》の議題《ぎだい》のはじめに、ペイシェンスとともにのこったミス・ビアンカの親切に対《たい》してかならず、賛辞《さんじ》がささげられました。また、彼女《かのじょ》を信《しん》じてうたがわないという決議《けつぎ》が、何回もおこなわれました。

ま、いってみれば、囚人友《しゅうじん》の会は、ミス・ビアンカを信《しん》じすぎていたのです。――ですから、彼女《かのじょ》のかえりを祝《いわ》う、せいだいな晩《ばん》さん会《かい》を、こまかいことまで計画しながらも、彼女《かのじょ》のかえるのは、いつなのか、それよりも、かえることを期待《きたい》していいものかどうかということについては、だれも考えていませんでした。

バーナードだけは別《べつ》でした。バーナードにとって困難《こんなん》だったのは、ダイヤの館《やかた》で、なにがおこったかを、正確《せいかく》に、知ることができなかったことです。婦人部会《ふじんぶかい》のねずみたちは、そこでの冒険《ぼうけん》について、いまは、かなりぺらぺらしゃべるのに――ある点については、はっきりしないのです。彼女《かのじょ》たちは、ダイヤモンドのシャンデリアや、大階段《だいかいだん》や、大広間のことはよろこんで説明《せつめい》するのに、ペイシェンス(とミス・ビアンカ)が、なぜ、そこにのこったかというだいじな点になると、だれも、なにもおぼえていないらしいのです。心のなかでは、もちろん彼女《かのじょ》たちは、はずかしく思っていたのです。そして、このやましい気持《きも》ちを消《け》すために、こんな理屈《りくつ》が、なんとなくできあがってしまいました。つまり、ミス・

ビアンカは、もう二、三日ペイシェンスに館《やかた》にとどまることをすすめたというのです。そうすれば彼女《かのじょ》も、ペイシェンスのお客《きゃく》として、館《やかた》にいられるからというわけです。

「とにかくね、事務局長《じむきょくちょう》さん、」と、体操教師《たいそうきょうし》はいいました。「ミス・ビアンカは、宮殿《きゅうでん》が好《す》きだということを、わたしたち、みとめなきゃいけないんじゃないかな。大使館《たいしかん》の連《れん》中《ちゅう》といっしょに行動《こうどう》していれば、むりのないことよ。わたしなんか、ミス・ビアンカが、わたしたちの議長《ぎちょう》によくなってくれたもんだと思っていたくらいだもの。」

バーナードは、不安《ふあん》な気持《きも》ちできいていました。彼《かれ》のようなとくに素朴《そぼく》な(そして美《うつく》しい)性格《せいかく》のねずみにとっては、体操教師《たいそうきょうし》のことばは、すべてそのとおりに思えました。ミス・ビアンカに、身《み》も心もささげる思いのバーナードでさえ、彼自身《かれじしん》より、はるかに教養《きょうよう》の高い彼女《かのじょ》の人柄《ひとがら》を、完全《かんぜん》に理解《りかい》できたことは、一度《ど》もありませんでした。また、ダイヤの館《やかた》が、彼女《かのじょ》にとって麻薬《まやく》のようなものだとは、思いもよらぬことでした。彼《かれ》の考えかたでは、ミス・ビアンカは、たぐいまれな美《うつく》しいねずみであり、美《うつく》しい宮殿《きゅうでん》は、彼女《かのじょ》にふさわしい場所《ばしょ》であり、彼女《かのじょ》が、ごく自然《しぜん》にたのしむことのできる場所《ばしょ》だというのにすぎなかったのです。

「だから事務局長《じむきょくちょう》さん、わたしがあんたなら、」と、体操教師《たいそうきょうし》は、元気づけるようにいいました。「彼女《かのじょ》が宮殿《きゅうでん》に別《わか》れを告《つ》げる決心《けっしん》をして、彼女自身《かのじょじしん》の気持《きも》ちで、少女をここにつれてくるまで、まっているよ。」

バーナードは、そのことばを、まったくそのとおりだと思いました。彼《かれ》は、また毎晩《まいばん》、床《ゆか》の上を歩きまわりました(切手のじゅうたんに歩いたあとをつけながら)。けれども、なんの行動《こうどう》もおこしませんでした。頭のなかが混乱《こんらん》しきっていたのです。

「ああ、ミス・ビアンカ。」バーナードは、混乱《こんらん》した頭で考えました。「もし、おそろしい危難《きなん》にあっていないのなら、どうか、たのしい日々をすごしていてくれ!」

8

とらわれの身《み》

1

たのしい日々をすごしていてくれ、ですと！　ミス・ビアンカは、ダイヤの館《やかた》の冷《つめ》たい残忍《ざんにん》な美《うつく》しさのまっただなかで、生まれてこのかた一度《ど》も味《あじ》わったことのないようなみじめさを味《あじ》わっていました！

執事《しつじ》の名まえは、マンドレークといいました。マンドレークは、むかし、ひどい罪《つみ》をおかしたのですが、いま、それを知っているのは、大公妃《たいこうひ》ひとりになってしまいました。ですから彼《かれ》は、ロボットの侍女《じじょ》たちとおなじように、大公妃《たいこうひ》のどれいとなり、侍女《じじょ》たち以上《いじょう》に、一生けんめいはたらかなければならなかったのです！　大公妃《たいこうひ》のお化粧《けしょう》をペイシェンスが、たったひとりで手つだうのとおなじように、マンドレークは、人気《ひとけ》のない台所《だいどころ》でただひとり、大きな冷蔵庫《れいぞうこ》からキジやウズラや、つぼでむし煮《に》にした野ウサギの肉などをとりだして、大公妃《たいこうひ》の三度《ど》三度《ど》の食事《しょくじ》のしたくをしなければなりませんでした。――大公妃《たいこうひ》は、猟《りょう》のえもの以外《いがい》は、ぜったいに気に入りませんでした。またマンドレークは、裏口《うらぐち》の戸のかぎを、まさかペイシェンスにあけさせるわけにはいかないので、ごみを外にすてる仕事《しごと》も自分でやらなければなりませんでした。そのために、もともと荒《あら》っぽい気むずかしい性格《せいかく》が、ますますひどくなり、仕事《しごと》がないときの、たった一つの気やすめは、執事室《しつじ》にひとりぼっちですわりこみ（ミス・ビアンカが見たように）安酒《やすざけ》をあおることだけでした。

馬小屋《うまごや》には、二頭のにごった白目のおいぼれた馬車馬が、ふたりのずぼらな宿無《やどな》しに、ずぼらにえさをあたえられ、ずぼらにせわをされていました。――このふたりも、マンドレークとおなじように、前科者《ぜんかもの》でした。（この二頭の馬さえも、それぞれ人間をけころすという前科《ぜんか》がありました。）けれども馬小屋《うまごや》は、館《やかた》からずいぶんはなれていたので、（どんなにずぼらだったとはいえ）ふたりのばかさわぎの気配《けはい》は、ほんの一瞬《いっしゅん》でも、ロボットの侍女《じじょ》たちの機械《きかい》の声にまけずに館《やかた》のなかまでつたわっていくことはありませんでした。

「大公妃《たいこうひ》さまのお気にめすまま、大公妃《たいこうひ》さまのお気にめすまま、大公妃《たいこうひ》さまのお気にめすまま……」

相手《あいて》が大公妃《たいこうひ》であれ、ひどい悪口《わるくち》をつぶやきながらとおりすぎるマンドレークであれ、悲《かな》しそうにため息《いき》をついているペイシェンスであれ、そのことばは、かわりませんでした。

「大公妃《たいこうひ》さまのお気にめすまま！」と、ロボットの侍女《じじょ》たちはこたえました。また、大《たい》公妃《こうひ》が見ていようがいまいが、彼女《かのじょ》たちは、十五分ごとにおじぎをし、そして一時間ごとに時の数だけ、それをくりかえすのでした。ですから、大公妃《たいこうひ》のつえがふるわれないときでも、おそろしい冷《つめ》たさをふりまく大公妃《たいこうひ》が、どこかにいるということを、けっしてわすれることはできませんでした。

ミス・ビアンカは、ペイシェンスのダイヤモンドみがきを手つだいました。彼女《かのじょ》の小さな指《ゆび》が、ペイシェンスの手でさえもとどかないところまでとどくので、大広間のかざりは、これまでになくひかりかがやきました！　それでもペイシェンスの手首のひっかき傷《きず》は、いつもとおなじようにできました。

ふたりは、大公妃《たいこうひ》の食べのこしで、まずしい食事《しょくじ》をとりました。ペイシェンスは、栄養《えいよう》不足《ぶそく》でうえ死《じ》にしそうでしたし――ミス・ビアンカは、自尊心《じそんしん》から、おなかがへって目がまわりそうでした。ねずみ一ぴきのためなら、キジやウズラの骨《ほね》に、じゅうぶんな肉がついていましたが、ミス・ビアンカは、大公妃《たいこうひ》がパンにけっして手をつけないことに気づいて、パン食にかぎることにしました。それさえも、毎日、生気をたもつに必要《ひつよう》なだけ、ほんのわずか、かじることにしました。

ダイヤの館《やかた》の日々は、じつにおそろしい、冷《つめ》たい、残忍《ざんにん》な生活のくりかえしでした。夜もおなじでした。大広間では、侍女《じじょ》たちが、おじぎをくりかえし、馬小屋《うまごや》では、宿無《やどな》しどもが、いびきをかいていました。――どうして彼《かれ》らは、目ざめないのでしょうか？　水晶《すいしょう》の壁《かべ》にあいた馬車門には、野生のツル草がおいしげり、かんぬきにつけられたナンキン錠《じょう》は、がちがちにさびついていました。執事室《しつじ》では、執事《しつじ》のマンドレークが、これも大いびき。ミス・ビアンカは、毎晩《まいばん》、ハトの子守歌《こもりうた》を、ペイシェンスにうたってやりながら、はるかはなれた屋根裏《やねうら》にいてさえも、マンドレークのおそろしいいびきが、きこえるような気がしました……。

2

けれども、日がたつにつれ、ミス・ビアンカの心をいちばんなやましたのは、ペイシェンスが、ミス・ビアンカともどもに、おそろしい運命《うんめい》にあまんじようとしているように思われはじめたことでした。

「マンドレークさんが、よく、わたしにいうんだけど、」と、ペイシェンスはいいました。「わたしは、感謝《かんしゃ》しなきゃいけないって……」

「なにに対《たい》して？」と、ミス・ビアンカは、するどくききかえしました。

「マンドレークさんはいうの。屋根《やね》の下に住《す》めることがそうだって。」と、ペイシェンスはいいました。

「屋根《やね》だけのことなら、」ミス・ビアンカは、きっとなっていいました。「どんなひどい監獄《かんごく》にはいることだっていいってことになるわ！　ここみたいに、下品《げひん》きわまるダイヤモンドずくめのところでさえも！」

ペイシェンスは(ふたりは、大広間ではたらいていました。)きらきらひかる竜《りゅう》のいすを見、それから、まばゆいシャンデリアを見あげました。

「ほんとに下品《げひん》な趣味《しゅみ》かしら?」と、自信《じしん》なさそうにききました。

「不潔《ふけつ》っていうほど下品《げひん》よ。」と、ミス・ビアンカはいいました。

ペイシェンスは、ため息《いき》をつきました。「わたし、ときどきね、」と、少女はいいました。「ろうそくのことを思い出すの。たしか、ろうそくっていうんだと思ったけれど……」

「やさしい光をなげかけてくれたでしょ?」と、ミス・ビアンカはききました。

「ええ、そうだったわ!」と、ペイシェンスはいいました。「とくに、わたしのベッドのそばにあったのが。それから、もう一つ、大きなのがあったわ。――ずっと大きなのが。――そのそばにだれかがすわって、ぬいものをしていたの……」

「それは、ランプよ、きっと。」と、ミス・ビアンカはいいました。「ランプの光も、やさしいわ。」

ペイシェンスが思い出そうとしているのは、彼女《かのじょ》のおかあさんだということが、ミス・ビアンカには、よくわかりましたが、それ以上《いじょう》、なにもいいませんでした。それ以上《いじょう》思い出させることは、悲《かな》しみをますだけです。けれども、ミス・ビアンカ自身《じしん》は、〈幸《しあわ》せの谷〉の、おひゃくしょうのおくさんのやさしい顔を思い出しました。そして、これ以上《いじょう》時間をむだにしないことを決心《けっしん》しました。ただちに行動《こうどう》にうつるのです。——ペイシェンスが、ろうそくのことを思い出しているあいだに。だれかの助《たす》けが、あっても、なくても！

3

「わたくしは、もうすでに、長くまちすぎたわ！」ミス・ビアンカは、自分をしかりました。「囚人《しゅうじん》友の会も、いまごろはきっと、ほかのだれかの救助《きゅうじょ》をはじめているかもしれないし！」（こういう彼女《かのじょ》は、ほんとうに寛大《かんだい》な心の持《も》ち主《ぬし》でした。いつでも、他人《たにん》のいちばんよいところばかりを信《しん》じようとするのです。）「とにかく、マンドレークは、一日に一度《ど》は、裏口《うらぐち》の戸をあける。——そして、もし彼《かれ》が、わたくしたちをおいかけることになれば、ペイシェンスがつかまえられるのをふせぐために、」と、ミス・ビアンカは考えました。「いざとなればわたくしだって、さわぎをおこしてみせる自信《じしん》があるわ！」

ひとにはいえないことですが、自分のそんな姿《すがた》が、はっきりと目にうつりました。――歓声《かんせい》をあげる民衆《みんしゅう》を見おろしながら、どこか高いところに立っている自分の姿《すがた》です。それは、バルコニーに姿《すがた》をあらわした王家の写真《しゃしん》のようでした。けれどもミス・ビアンカは、そんな虚栄《きょえい》をおしやって、冷静《れいせい》に考えました。できることなら、はなばなしさなしに脱出《だっしゅつ》するほうが、らくなはずです。――つまり、マンドレークに気づかれずにということです。

「ペイシェンス、よく考えて！」と、ミス・ビアンカは、ペイシェンスにいいました。「ごみをすてることより、もっと時間のかかる用事《ようじ》で、裏口《うらぐち》の戸のかぎをあけるときが、かならずあるはずと思うけど？」

ペイシェンスは、一生けんめい考えました。

「先月、」と、ペイシェンスは、やっといいました。「時計屋《とけいや》さんがきたわ。侍女《じじょ》たちのねじをまくために……」

「ほうら！」と、ミス・ビアンカは、よろこびの声をあげました。

「そのとき、ずいぶん長い時間、戸のかぎは、はずれっぱなしだったわ。だって、時計《とけい》屋《や》さんは、油《あぶら》のかんをわすれて、とりにいかなければならなかったし――マンドレークさんは、大公妃《たいこうひ》さまのお食事《しょくじ》をはこばなければならなかったし。だからマンドレークさんは、戸に、かけがねをかけただけだったの。そのとき、わたしに、もっと勇気《ゆうき》さえあったら！」と、ペイシェンスは、ため息《いき》をつきました。

「いまは、そんなこと後悔《こうかい》しないで。」と、ミス・ビアンカはいいました。「一度《ど》でも油《あぶら》のかんをわすれた人ならば、きっとまたわすれるわね。」

「あの人きっとわすれる。」と、ペイシェンスもいいました。「マンドレークさんが、あいつは、いつでもなにかをわすれる、おいぼれでぼんやりものだといっています！」

「年をとったせいね。」と、ミス・ビアンカは、思いやりをこめていいました。彼女《かのじょ》の気《き》持《も》ちは、一言ごとに高まってきました！「そのおひとよしのおじいさん、定期的《ていきてき》にくることまちがいなしね？」

「ええ、そうよ！」と、ペイシェンスはいいました。

「こんどくるのは、いつかしら？」と、ミス・ビアンカはききました。

「来年よ。」と、ペイシェンスはいいました。「だからマンドレークさんが、侍女《じじょ》たちはすばらしいっていうのよ。まる一年動《うご》くんですもの……」

ミス・ビアンカの気持《きも》ちは、また、がくんとしずみました。まる一年！　まる一年まつなんて、とてもむりです。もう一年たてば、ペイシェンス自身《じしん》も、小さなロボットになってしまうかもしれません！（「そして、わたくしは、」と、ミス・ビアンカは、心のなかで思いました。「トンガリネズミになってしまうわ！」）

彼女《かのじょ》は、脳《のう》みそをしぼって考えました。

「でも、もし侍女《じじょ》たちが、」と、ミス・ビアンカは考えました。「こわれたとしたら？」

「わたしに、もっと勇気《ゆうき》があったら！」と、ペイシェンスは、悲《かな》しそうにくりかえしました。「あのとき、もっと勇気《ゆうき》があったら、逃《に》げだしていたのに！」

「そんなに後悔《こうかい》ばかりしないで、ペイシェンス。」と、ミス・ビアンカは、あかるくいいました。「あした、逃《に》げる準備《じゅんび》をしましょう！」

4

ミス・ビアンカの計画の大胆不敵《だいたんふてき》さとかしこさは、目を見はるばかりでした。

屋根裏部屋《やねうらべや》で寝《ね》ているペイシェンスを、そっとしたまま、一晩《ひとばん》じゅう、ミス・ビアンカは、大活躍《だいかつやく》をつづけました。――ビロードのスカートの侍女《じじょ》を、つぎつぎにおそい、帯《おび》かざりのくさりやガードルをつたって、ビロードのコルセットにかけあがり、はがねのあばら骨《ぼね》のなかにおさまっている、機械《きかい》の心臓部《しんぞうぶ》をさがしてまわりました。幸《さいわ》いなことに、大《たい》使《し》のぼうやが、ぜんまいじかけのおもちゃを大好《だいす》きだったので、ミス・ビアンカは、ぼうやが、おもちゃの汽車や飛行機《ひこうき》やモーターボートを分解《ぶんかい》するのを、何時間も何時間も見ていたことがあるのです。そのために、歯車《はぐるま》のとめかたぐらいは知っていました。また、侍《じ》女《じょ》のからだをつたいおりながら、ビロードのコルセットの内側《うちがわ》にあるばねを、心棒《しんぼう》からはずしておきました。四時をうちはじめると、振子《ふりこ》の重《おも》しを動《うご》かせる侍女《じじょ》はひとりもなく、その場所《ばしょ》に、ぜんぶくずおれてしまいました。

ピンクのガウンをきた侍女《じじょ》が、さいごによろめきました。そして、彼女《かのじょ》だけが、さいごのあがきで、きまり文句《もんく》をしぼりだしました。

「大公妃《たいこうひ》さまのお気にめすまま、」と、ピンクの侍女《じじょ》はいいました。「大公妃《たいこうひ》さまのお気にめすまま、大公妃《たいこうひ》さまのお気にめすまま……」

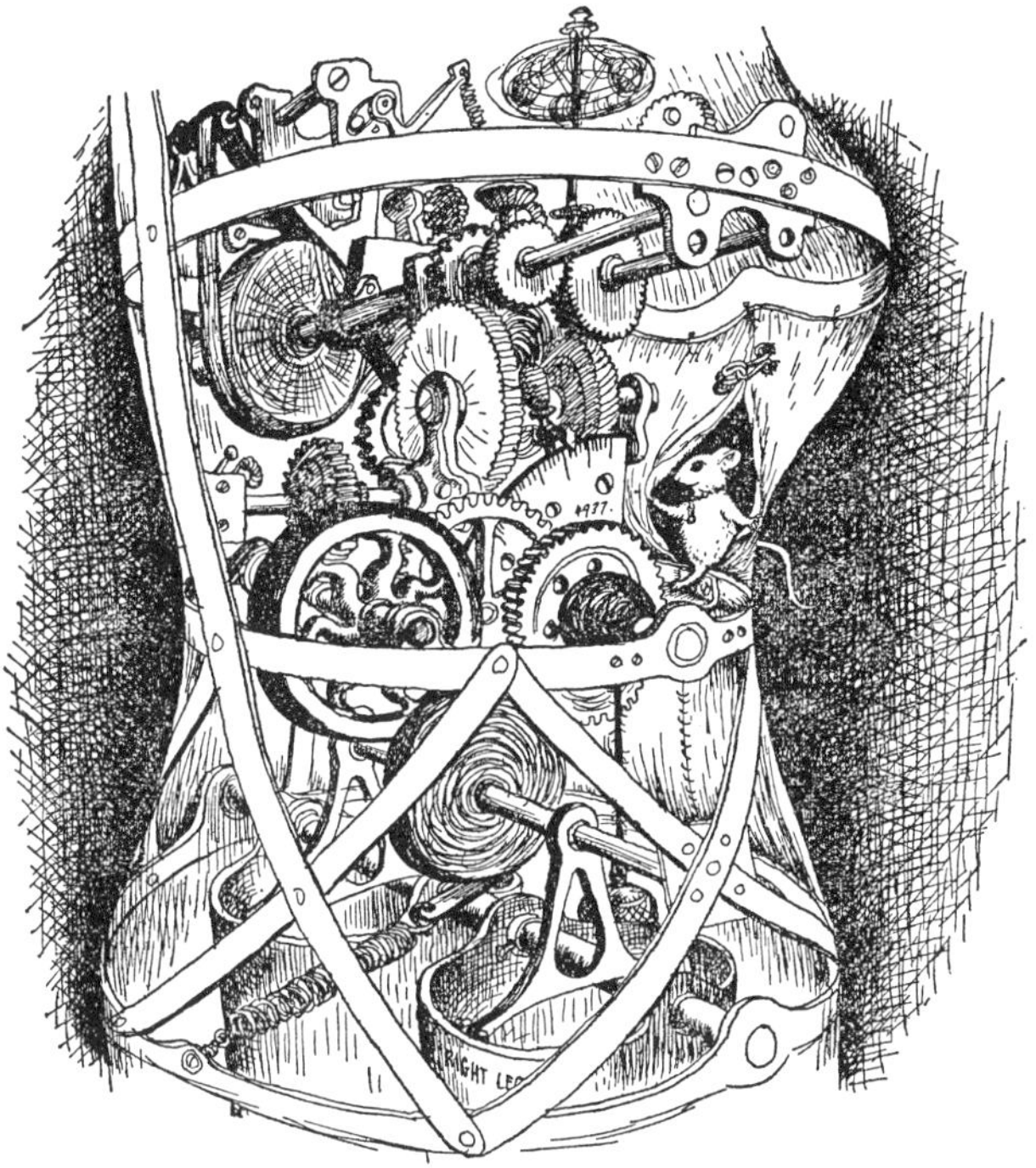

　そこで、ぜんまいが、きれました！
　ミス・ビアンカは、ペイシェンスのねむりをさまたげないように、そっとまくらにもどり、ぎょうぎよくねむりました。重要《じゅうよう》な行事《ぎょうじ》の前夜には、じゅうぶんねむっておくことが賢明《けんめい》です。――ピクニックでもバーベキューでも。また、万聖節《ばんせいせつ》*の宵祭《よいまつり》でもひるねが必要《ひつよう》です。ましてやミス・ビア

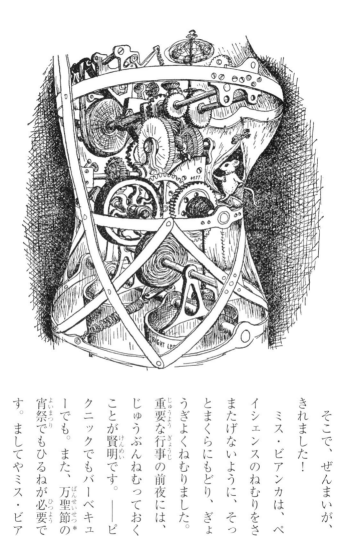

ンカとペイシェンスは、ダイヤの館《やかた》から自由《じゆう》への脱出《だっしゅつ》を明日にひかえて、ぐっすりねむる必要《ひつよう》がありました。

＊ 万聖節《ばんせいせつ》――キリスト教で、すべての聖人《せいじん》を記念《きねん》する祝日《しゅくじつ》。毎年十一月一日で、前夜はハロウィーン。

5

いっぽう、バーナードもまた、結論《けつろん》をだしつつありました。

何度《なんど》もいきつもどりつした切手のじゅうたんのその部分《ぶぶん》は、すっかりすりきれていました。体操教師《たいそうきょうし》のりこうな暗示《あんじ》に半分かかったとはいえ、日がたつにつれ――ミス・ビアンカからは、一言の連絡《れんらく》もなく――バーナードの心配《しんぱい》は、ますます深刻《しんこく》になっていきました。ミス・ビアンカは、ぜいたくな暮《く》らしをたのしんでいるかもしれないが、――ぼく自身《じしん》はいいとしてもと、バーナードらしからぬ、自己本位《じこほんい》に考えました。――囚人友《しゅうじん》の会全員《ぜんいん》にこれほど心配《しんぱい》させたままほっておくとは、彼女《かのじょ》らしくない！

ほかのだれもが、とても幸《しあわ》せそうでしたが、バーナードはちがいました。そこで、ミス・ビアンカとおなじように、ひとりで行動《こうどう》することを心にきめ、とぎ屋《や》にばけることにしました。

なぜかといえば、（ひとりで行動《こうどう》するのですから）頭の先から足の先まで武装《ぶそう》する必要《ひつよう》ありと感《かん》じたからです。けれども、いざ武装《ぶそう》してみると――剣《けん》が二本、おのが二ちょう、短剣《たんけん》が三本、それから芝刈《しばか》り機《き》の刃《は》の部分《ぶぶん》を身《み》につけていると――身動《みうご》きできませんでした。こうした必殺《ひっさつ》の武《ぶ》器《き》を、小さな手押《てお》し車《ぐるま》にのせ、それに、といし車を加《くわ》えると、動《うご》きやすいばかりか、あやしまれずにもすみました。裏口《うらぐち》からダイヤの館《やかた》に近づこうというのが、バーナードの素朴《そぼく》な計画ですから、なおさらのことです。

まさかのときにそなえて、刃物《はもの》のとぎかたもならっておきました。

バーナードは、このことについて囚人友《しゅうじん》の会には、なにも話しませんでした。会員《かいいん》たちの気《き》持《も》ちを考えると、とても話す気になれませんでした。たとえ一ぴき一ぴきの気《き》持《も》ちをまんぞくさせられたとしても、さわぎに火をつけることは、会のためには、百害《ひゃくがい》あって一《いち》利《り》なし。たとえば、だれかがまねしてつぎつぎ辞職《じしょく》をすれば、この価値《かち》ある組織《そしき》が、小さなグループに分裂《ぶんれつ》して、ついには崩壊《ほうかい》してしまう。かといって、事務局長《じむきょくちょう》が、とつぜん、なんの説明《せつめい》もなしに、姿《すがた》を消《け》せば、これもまたさわぎになる。

そこで良心的《りょうしんてき》なバーナードは、出発《しゅっぱつ》まえに、ガリ版《ばん》ずりの簡単《かんたん》な通知を、会員《かいいん》たちに郵《ゆう》便《びん》で送《おく》りました。それには、つぎのように書いてありました。

会員《かいいん》のみなさん

わたくしは、でかけます。

（署名《しょめい》）　バーナード（事務局長《じむきょくちょう》）

9 ◇◇◇◇◇ いつわりの希望《きぼう》

1

「ほんとに、きょうなのね？」ペイシェンスは、つぎの朝、目ざめると、すぐに、こうききました。「いっしょに逃《に》げるのは、ほんとに、きょうなのね？」

「そのとおりよ。」と、ミス・ビアンカは、自信《じしん》をもっていいました。「なにか、もっていきたいものがあれば？」

「ええ、ハンカチだけ。」と、ペイシェンスはいいました。

「それは、ぜったい必要《ひつよう》よ。」と、ミス・ビアンカはいいました。「あなたが、わたくしをポケットに入れてつれてってくださるとき、わたくしは、ハンカチの上にすわりますから。とにかく、いつものように、大公妃《たいこうひ》のお化粧《けしょう》を手つだってください。それから、朝の引見《いんけん》でなにがおこるか――たいへんなさわぎになること、まちがいなしよ！」と、ミス・ビアンカはいいました。

2

まさに、そのとおりでした。大公妃《たいこうひ》が、侍女《じじょ》たちの朝のあいさつをうけようと、姿《すがた》をあらわすと、大公妃《たいこうひ》の目にうつったのは、ばたばたたおれているビロードのスカートの侍女《じじょ》たちでした！

「なにごとじゃ？」一つ一つ、力まかせに足げにしながら腹《はら》をたてた大公妃《たいこうひ》は、わめきました。「こやつらは、どうしたんだえ、マンドレーク？　おまえのすすめで注文《ちゅうもん》した侍《じ》女《じょ》たちは、どうなっちまったのじゃ？」

マンドレークは、たおれたからだを一つ一つしらべ、まっさおな顔をあげていいました。

「大公妃《たいこうひ》さまにもうしあげます。」と、口のなかでぶつぶつといいました。「少しばかり、修理《しゅうり》が必要《ひつよう》のようでございます……」

「少しばかり修理《しゅうり》だと？」大公妃《たいこうひ》の雷《かみなり》がばくはつしました。手のつえが、マンドレークの背中《せなか》に、ふりおろされました。「時計屋《とけいや》が、先月、ここにきたばかりではないかえ！」

「大公妃《たいこうひ》さまのおおせのとおりでございます。」と、マンドレークは、つぶやきました。

「きゃつめを、もう一度《ど》よばなければなりますまい……」

「いますぐ、よぶんじゃ！」大公妃《たいこうひ》は、甲高《かんだか》い声でさけびました。

この瞬間《しゅんかん》、ペイシェンスとミス・ビアンカの心は、どれほどおどったことでしょう！

――ペイシェンスは、うれしい気持《きも》ちをつたえようと、エプロンのポケットのなかで、ミス・ビアンカのからだを、息《いき》のとまるほどにぎりしめました。もちろんペイシェンスは、すぐに、これは、ミス・ビアンカのしわざだと気づいたからです。頭をひくくさげてささやきました――

「ミス・ビアンカ、戸があいたら、わたしたち、すぐ逃《に》げだすのね？」息《いき》をはずませながら、ペイシェンスはささやきました。

「もちろんよ！」ミス・ビアンカは、ささやきかえしました。「かわいそうなマンドレーク！　同情《どうじょう》したいような気持《きも》ちよ！」

けれども、これは、大公妃《たいこうひ》の暴君《ぼうくん》ぶりをわすれた、ふたりの早がてんでした。

「そのまえに、馬車をよびやれ！」と、大公妃《たいこうひ》はさけびました。

「お、お馬車でございますか？」おどろいたマンドレークが、口ごもりながらききかえしました。

「お狩場《かりば》の山荘《さんそう》へいくんじゃ！」大公妃《たいこうひ》はわめきました。「このダイヤの館《やかた》で、侍女《じじょ》なしで暮《く》らせるはずがないわ。山荘《さんそう》へうつって、おまえと子どもが、わたしのせわをするんじゃ！」

そうさけびながらも大公妃《たいこうひ》は、ダイヤモンドの指輪《ゆびわ》でおもくなったやせた右手で、ペイシェンスの肩《かた》をつかみました。骨《ほね》ばった指《ゆび》の関節《かんせつ》が、ペイシェンスの鎖骨《さこつ》を、ようしゃなくつかみ、ワシのつめのようにかたい長い指《ゆび》が、少女のやせおとろえた筋肉《きんにく》に食い入りました。ペイシェンスは、石になったように、なすすべもなく立ちすくみました。

マンドレークは、馬小屋《うまごや》に走り、おどろく宿無《やどな》したちをどなりとばして、これもおどろく馬どもにくつわをかませ、それがすむと、大きなかなづちをもたせて、水晶《すいしょう》の石壁《いしかべ》には

めこんだ大きな鉄《てつ》の門をこじあけさせました。そのあいだ、ペイシェンスの肩《かた》をつかんだ大公妃《たいこうひ》のおそろしい指《ゆび》は、一度《ど》も、その力をゆるめませんでした。いまや、裏口《うらぐち》の戸ばかりか正面《しょうめん》の門がひらかれるというのにです！　大広間にいるペイシェンスとミス・ビアンカの耳にさえ、はっきりときこえてきました。はじめに、どしんどしんとおもい音、つづいて、カーンカーンと鉄《てつ》をたたく音、そして砂利《じゃり》道《みち》の上をころがる鉄《てつ》の門の戸車の音。そのあいまあいまに、あわてて指《ゆび》をたたき、きたないことばでののしりあう、宿無《やどな》しどもの声。けれどもペイシェンスとミス・ビアンカは、せっかくのチャンスをどうすることもできませんでした。大公妃《たいこうひ》は、悪人《あくにん》でもとらえたようにペイシェンスの肩《かた》をつかんだままです。ふたりの耳に音楽のようにきこえるはずだった音が、ふたりの失望《しつぼう》をふかめるだけになってしまいました！

「彼女《かのじょ》のにもつのしたくをする必要《ひつよう》があるかどうかきいてごらんなさい！」と、ミス・ビアンカがささやきました。

「大公妃《たいこうひ》さま、おにもつのしたくをしなくてよろしゅうございますか？」と、ペイシェンスは、あえぎながらききました。

「ゆくさきざきに、なんでもあるわい！」大公妃《たいこうひ》は、ぴしゃっといいかえしました。「じっとしとるんじゃ、おまえは！」

「では、宝石《ほうせき》よ！」ミス・ビアンカは、すぐ、つぎを考えました。――彼女《かのじょ》の経験《けいけん》によれば、宝石箱《ほうせきばこ》をもたずに旅行《りょこう》する貴婦人《きふじん》はいないはずです。「宝石箱《ほうせきばこ》をもってこなくていいかどうかきいてごらんなさい！」

「大公妃《たいこうひ》さまの宝石箱《ほうせきばこ》をおもちしなくてよろしゅうございますか？」ペイシェンスは、あえぎあえぎききました。

「宝石《ほうせき》もあるわ！」大公妃《たいこうひ》はどなりました。「それから、つえもむちもな！　いったとおり立っとるんじゃ！」

大公妃《たいこうひ》は、馬車のしたくができると、やっとペイシェンスの肩《かた》をはなし、大きなきたないがたがた馬車のなかへ、彼女《かのじょ》をおいたてました。座席《ざせき》からつめものがはみだし、床《ゆか》の上はのらねこのすみかとなっていました。大公妃《たいこうひ》が乗《の》りこんだ瞬間《しゅんかん》、その重《おも》みで、ばねがはじけとんでしまうのではないかと思われました。馬車は、かたむいてたわんだまま、それでもどうやらもちこたえていました。マンドレークが、外からかぎをかけ、御者台《ぎょしゃだい》にすわ

り、馬にむちをあてました……。

バーナードが、とぎ屋《や》の車をおして、館《やかた》の裏口《うらぐち》めざして姿《すがた》をあらわしたのは、ちょうどこのときでした。

裏口《うらぐち》の戸は、あけはなたれていました。あわてふためいていたマンドレークは、時計屋《とけいや》に、手紙だけでなく、かぎものこしていきました。手紙には、ひとときでも、すきまをあけるのはもちろん、戸にかぎをかけずにおいてはいけないという、きびしい指図《さしず》も書かれていました。けれども時計屋《とけいや》は、こんどは、ねじまわしをわすれてきたのです。年よりですっかりぼけていました。

ですからバーナードは、手押《てお》し車《ぐるま》をおしたまま、なんの苦《く》もなく、立ちどまることもなく、ダイヤの館《やかた》にはいりました。

ただ、ざんねんなことに、ミス・ビアンカをみつけることはできませんでした。ほんの五分おそかったのです。

10

◇◇◇◇◇

馬車の道のり

1

ミス・ビアンカは、バーナードの姿《すがた》を見なかったけれど、ペイシェンスは見ました。

「小さな車をおしたねずみを見なかった?」ペイシェンスが、大公妃《たいこうひ》に気づかれぬように、そっとききました。(馬車が数キロメートル走ると、大公妃《たいこうひ》の大きなきたないかつらが、くびをふりはじめました。)

「わたくしは、あなたのポケットのなかなのよ、ペイシェンス。」と、ミス・ビアンカはいいました。「なにも見えなかったわ。」

「そうだったわね。ねずみが、一ぴき、たしかにいたの。」と、ペイシェンスがいいました。「バーナードじゃないかしら？」

ミス・ビアンカは、のぞみを失《うしな》ったようにくびをふりました。彼女《かのじょ》の気持《きも》ちは、すくいようのないほどしずんでいました。むりもありません。計画がほとんど成功《せいこう》し、しかも、じつに巧妙《こうみょう》な計画だったのに、結果《けっか》は、まさに水のあわだったのです！　そのうえ、ふたりのこれからの身《み》の上は、ダイヤの館《やかた》のときよりもひどくなるかもしれないのです。少なくともダイヤの館《やかた》には、大公妃《たいこうひ》が酷使《こくし》する十二人の侍女《じじょ》たちがいました。だが、お狩場《かりば》の山荘《さんそう》では、彼女《かのじょ》の火のような短気《たんき》を、ペイシェンスとマンドレークだけでうけなければなりません。――ペイシェンスが、いちばんひどいことになるのは、火を見るよりあきらかでした！

「ねえ、」と、ペイシェンスがいいました。「万一にそなえて、わたしたち、なにか目じるしをのこしたほうがいいんじゃないかしら？　わたしのハンカチをすてる？　それとも、あなたの銀《ぎん》のネックレスは、どうかしら？」

ミス・ビアンカは、とまどいました。この失望落胆《しつぼうらくたん》のときに、銀《ぎん》のネックレスだけが、すぎさった幸《しあわ》せとつながる、ただ一つのくさりのように思えたからです。それは、ぼうやのおかあさんからのおくりもので、ちょうど三センチメートルの長さがあり、この上なく精巧《せいこう》な細工で、これまで一度《ど》もくびからはずしたことがありませんでした。くらやみ城《じょう》でさえも、それをかけつづけていました。それに指《ゆび》をふれるたびに、美《うつく》しい思い出が、たえまなくながれでてくるのでした！　――白鳥の羽《はね》をつめたやわらかいクッションのおかれたせとものの塔《とう》。銀《ぎん》のネックレスをほめそやされた大使館《たいしかん》の晩《ばん》さん会《かい》。なかでもなつかしい思い出は、彼女《かのじょ》のやさしい保護者《ほごしゃ》でありあそび友だちの、ぼうや自身《じしん》のことでした……。

「ああ、議長《ぎちょう》などに選挙《せんきょ》されるのではなかったわ。」ミス・ビアンカは、悲《かな》しく思いかえしました。「ほんとに、ぼうやのそばから永久《えいきゅう》にひきはなされるようなことになるんだったら！　そして、いま、だいじな銀《ぎん》のネックレスを失《うしな》わなければならないなんて――わたくしのぼうやの、最後《さいご》の記念《きねん》の品《しな》なのに――それを万に一つののぞみのために？」

ミス・ビアンカは、もう一度《ど》、ため息《いき》をつきました。ペイシェンスも、ため息《いき》をつきました。

「わたしのたった一枚《まい》のハンカチ。」ペイシェンスは、ミス・ビアンカのからだの下から、ハンカチをしずかにひきだして、小さくまるめながら、ため息《いき》をつきました。

ミス・ビアンカは、よごれた、くしゃくしゃの、もめんのハンカチを見つめました。くしゃくしゃでよごれているのは、これまでかぞえきれないほど、ペイシェンスが、そのハンカチに顔をあてて泣《な》いたからです。小さく点《てん》てんとついている血《ち》のしみは、大公妃《たいこうひ》のかつらのダイヤモンドの星に、ペイシェンスの指《ゆび》がさされたその血《ち》でした……。

「ハンカチがないと、ポケットのなかですわりごこちがわるくなるけど、ごめんなさい。」と、ペイシェンスはあやまりました。

「恥《はじ》を知れって、わたくしのことね！」と、ミス・ビアンカは考えました。――そして、すばやい手つきでとめがねをはずし、だいじなネックレスを、馬車の窓《まど》の外へなげました。

そうしたとたん、彼女《かのじょ》の気持《きも》ちは、すっとかるくなりました。ミス・ビアンカの気持《きも》ちをなによりも暗《くら》くするのは、――失《うしな》われた希望《きぼう》でもなく、将来《しょうらい》の不安《ふあん》でもなく――利己的《りこてき》であるということでした。子どもたちも、この気持《きも》ちが、よくわかります。それだからこそ、たった一枚《まい》のハンカチをすてようと決心《けっしん》したペイシェンスの気持《きも》ちが、ミス・ビアンカの気持《きも》ちを暗《くら》くするどころか、ぎゃくに、あかるくはげましたのでした。

そして、事実《じじつ》、万一のために目じるしをのこすという思いつきは、たいへん賢明《けんめい》だったばかりか、貴重《きちょう》な役目《やくめ》をはたすことになりました。
バーナードが、目じるしを、みつけたのです！

2

バーナードは、とくべつ頭のよいねずみではありませんでしたが、ミス・ビアンカに関《かん》係《けい》したこととなると、異常《いじょう》なほど頭の回転《かいてん》がはやくなるのでした。ダイヤの館《やかた》にだれもいないと気づくやいなや、館《やかた》の住人《じゅうにん》たちは、どこかほかの場所《ばしょ》へいったにちがいないと結論《けつろん》をだしました。しかも、なにか乗《の》りものをつかって。そう考えつくと、バーナードは、ただちに大門へとってかえし、砂利道《じゃりみち》の上に、ひづめのあとやわだちがないかと、しらべてまわりました。その両方《りょうほう》をみつけると――

「馬車だ！」と、バーナードは思いました。

そして、わだちを、少し先までたどってしらべながら――

「町の外へむかった！」と、思いました。

つづいて、思いもかけぬ、すばらしい記憶力《きおくりょく》――「お狩場《かりば》の山荘《さんそう》。」と、バーナードは、総会《そうかい》で大公妃《たいこうひ》についていて報告《ほうこく》したときのことを思い出しました。「〈幸《しあわ》せの谷〉を見おろす、とある森のなかに……」――と、彼《かれ》がいいたそうとしたときに、数学の教授《きょうじゅ》が口をはさんだのでした。

わだちは、自転車《じてんしゃ》や自動車《じどうしゃ》のタイヤにふみ消《け》されたりしていても、バーナードは、どの方向《ほうこう》へいけばよいか、わかりました。手押《てお》し車《ぐるま》をおしたりひっぱったりしながら、馬車を追《お》って、けんめいにいそぎました。

だが、大公妃《たいこうひ》の馬車は、すでに数キロメートルも先にすすみ、バーナードがどんなにいそいでも、おいぼれ馬とはいえ、二頭立ての馬車においつくはずがありませんでした。いそぐほどに、からだがあつくなり、つかれてきました。手押《てお》し車《ぐるま》の上では、おのがころげまわり、芝刈《しばか》り機《き》の刃《は》の部分《ぶぶん》は、たえず車からころげおちました。ですからミス・ビアンカの銀《ぎん》のネックレスをみつけると、バーナードは、勇気百倍《ゆうきひゃくばい》になりました。

ネックレスがジプシーにひろわれなかったのは、なんという幸《さいわ》いだったでしょう！　ジプシーむすめの結婚式《けっこんしき》の、おあつらえの引出ものになってしまったかもしれません。けれ

ども、よごれもせず、イバラのしげみの上で、霜《しも》のようにひかっていました。

バーナードは、それを、自分のひげにおしあてました。もし、だれかが見ていたら、そんなことはしなかったでしょう。ねずみ族《ぞく》は、国際的《こくさいてき》な混血《こんけつ》が多いせいか、ラテン民族《みんぞく》のように、感情《かんじょう》をおおげさにあらわしません。せいぜいアングロ - サクソン民族程度《みんぞくていど》でしょうか。けれども、だれも見ていなかったので、バーナードは、それを、ひげにおしあてたのです……。

するとそのとき、ネックレスが、白い魔法《まほう》でもはたらかせたのか、一台のトラックが、はじめてバーナードを追《お》いこしていきました。（というよりも、まるで、バーナードの上を走りこえていったというべきでしょう。）そして、停車《ていしゃ》すると、運転手《うんてんしゅ》と助手《じょしゅ》は、べんとうを食べはじめました。運転室《うんてん》のよこに大きな字で、『森と〈幸《しあわ》せの谷〉生産《せいさん》会社』と書いてあるのが見えました。バーナードは、手押《てお》し車《ぐるま》を、すばやくトラックの荷台《にだい》の下にさがっているつなにむすびつけ、自分は、うしろの車輪《しゃりん》をつたって荷台《にだい》によじのぼりました。

トラックは、また動《うご》きだし、いつのまにか、大公妃《たいこうひ》の馬車を追《お》いこしました。マンドレークが、馬にむちをあてながら、森のはずれの高い木のあいだのひろい道にさしかかったころ、トラックは、森の奥《おく》へはいっていきました。

そこでトラックは、故障《こしょう》しました。

3

「あなた、トラックを見た？」と、ペイシェンスが、ミス・ビアンカにききました。

「いいえ、ペイシェンス。」と、ミス・ビアンカはいいました。——まえよりもほがらかな声で、けれども、とくべつ興味《きょうみ》はなさそうにいいました。「おぼえていてね。わたくしは、あなたのポケットのなかよ。」

「さけべばさけべたのに。」と、ペイシェンスは、ため息《いき》をつきました。「でも、そう思ったときは、わたしたちの馬車は、もうとおりすぎていたの……」

もし、彼女《かのじょ》が、さけんでいたら！　——もし、ミス・ビアンカが、さけんでいたら！　なつかしいその声が、きっとバーナードの耳にとどき、彼《かれ》は、むちゅうでお茶を飲《の》んでいる運転手《うんてんしゅ》と助手《じょしゅ》に、かみついたにちがいありません。（運転手《うんてんしゅ》たちは、トラックが故障《こしょう》するたびにお茶を飲《の》みました。）そこで運転手《うんてんしゅ》たちは、とおりかかった馬車をとめ、（馬車には、えらいかたが乗《の》っていることがありますので）組合が運転手《うんてんしゅ》たちに危険《きけん》をおかさせている無理《むり》な注文《ちゅうもん》について、あれこれと不平《ふへい》をいったでしょう。たとえば、ねずみにかみつかれる悪路《あくろ》を運転《うんてん》しなければならないとか。もし、そうなっていたら、ペイシェンスとミス・ビアンカは、すぐに助《たす》けだされていたでしょう。トラックの運転手《うんてんしゅ》たちには、気のいい人たちが、おおぜいいますから。

けれどもペイシェンスは、助《たす》けをよばなかったのです。馬車はそのまますすみました。それから三十分後、運転手《うんてんしゅ》たちが二度《ど》めのお茶をわかしているまに、バーナードは、いらいらとあたりを歩きまわり、馬車のわだちをみつけました。矢もたてもたまらなくなったバーナードは、運転手《うんてんしゅ》と助手《じょしゅ》が、フレンチトーストをつくりはじめると、手押《てお》し車《ぐるま》をはずして、馬車のあとを追《お》いました。――また、ひとりで。

11

お狩場《かりば》の山荘《さんそう》

1

やっと馬車は、とまりました。馬車のとおった最後《さいご》の数キロメートルでは、森の木々が、びっしりと立ちならび、枝《えだ》が、馬車の屋根《やね》に音をたててあたりました。大公妃《たいこうひ》の山荘《さんそう》のたっている空き地は、テニスコートほどのひろさもなく、建物《たてもの》のまわりに、すきまなくはえた森の木がせまっていました。木々の影《かげ》は、のびほうだいのツタにおおわれた暗《くら》い窓《まど》を、ますます暗《くら》くしていたにちがいありません。大公妃《たいこうひ》の山荘《さんそう》は、ダイヤの館《やかた》が、冷《つめ》たくきらめいていたとおなじほど、暗《くら》くしずんでいました……。

ペイシェンスは、ふるえました。ミス・ビアンカも、それにつれてふるえました。

と、二ひきのたくましいブラッドハウンド犬が、大公妃《たいこうひ》をむかえるようにとびだしてきて、その足もとにじゃれつきました。

「おすわり、暴君《ぼうくん》！　おすわり、八《や》つ裂《ざ》き！」大公妃《たいこうひ》はさけびました。――けれども、そんな名まえが、大公妃《たいこうひ》に、よろこびをあたえているようでした。彼女《かのじょ》は、とてもたのしそうに、その名まえをくりかえしました。

「勇《いさ》ましい暴君《ぼうくん》や、勇《いさ》ましい八《や》つ裂《ざ》きや！」と、甲高《かんだか》い声でいいました。「おまえたちの大好《だいす》きな仕事《しごと》が、しばらくなかったかえ？　仕事《しごと》をさせてあげるぞえ！　――おまえたちの番人は、どこだえ？」と、ききました。「わたしの森番は、どこだえ？」

すると、二ひきのブラッドハウンド犬のうしろに、マンドレークよりもおそろしい男が、ぬうっと姿《すがた》をあらわしました。黒ヒョウのようなひげづらで、つよそうな長い足には、ひざまで皮長《かわなが》ぐつをはき、けたはずれに大きい両手《りょうて》には、ひじまでの皮《かわ》手ぶくろをはめ、片《かた》手《て》に鉄《てつ》のこん棒《ぼう》をもっていました！

「おまえにも、仕事《しごと》をあたえるぞえ！」と、大公妃《たいこうひ》はさけびました。

2

ミス・ビアンカは、ダイヤの館《やかた》をきらいましたけれど、山荘《さんそう》を見た瞬間《しゅんかん》、それにもましてきらいになりました。館《やかた》のダイヤモンドずくめの下品《げひん》な趣味《しゅみ》には、胸《むね》がむかつくことがたびたびありましたが、なにもない山荘《さんそう》を見たとたん、ミス・ビアンカは、まえよりももっと気味《きみ》の悪《わる》いなにかを感《かん》じました。その感《かん》じをなんとよんでいいかわかりませんでしたが、それは、たしかに恐怖《きょうふ》でした。

ペイシェンスは、山荘《さんそう》では屋根裏部屋《やねうらべや》でなく、小さな地下室、というよりも穴《あな》ぐらをあたえられました。マンドレークは、ペイシェンスを、ただちにそこへつれていき、大公妃《たいこうひ》のお召《め》しかえのよびだしがあるまで、そこにいるように命《めい》じました。

「仕事《しごと》のないときはいつでも、」と、マンドレークは命《めい》じました。「おとなしく、そこにいろ！」

せまい、じめじめした、暗《くら》い壁《かべ》にかこまれた場所《ばしょ》で、ペイシェンスとミス・ビアンカは、おたがいを見つめました。――あの、なんとよんでいいかわからない感情《かんじょう》を、一生けんめいにかくそうとつとめながら。

「上にいる時間もあるわね?」と、ペイシェンスは、ふたりの気をひきたてるようにいいました。

「もちろんよ!」と、ミス・ビアンカはこたえました。

彼女《かのじょ》は、大公妃《たいこうひ》につかまれて血《ち》のにじんだペイシェンスの肩《かた》を、やさしくなでました。

「大公妃《たいこうひ》がいったのは、どんな意味《いみ》かしら、」と、しばらくしてペイシェンスがいいました。「あの大きなおそろしい犬どもに仕事《しごと》をあたえるって?」

ミス・ビアンカも、考えていたことでした。

「警察犬《けいさつけん》だと、あなた思う?」と、ペイシェンスがききました。「だれかが逃《に》げるのをふせぐための?」

ペイシェンスは、たったひとりの友だちの気持《きも》ちを傷《きず》つけまいという思いやりから、ダイヤの館《やかた》からつれだされ大公妃《たいこうひ》の馬車におしこまれた瞬間《しゅんかん》から、逃《に》げることについては、一言も口にしなかったのです。彼女《かのじょ》にむなしい希望《きぼう》をいだかせたミス・ビアンカをせめるどころか、ペイシェンスは、ミス・ビアンカの失望落胆《しつぼうらくたん》を、とても心配《しんぱい》していたのです。ペイシェンスは、あわてていいなおして、あやまろうとさえしました。

「だれかが森へ散歩《さんぽ》にいくのをふせぐためかしらって、いうつもりだったのよ。」と、ペイシェンスはいいました。

ちょうどそのとき、ペイシェンスをよぶマンドレークと大公妃《たいこうひ》のさけび声がきこえました。かわいそうなペイシェンスは、走りでていきました。──あとにのこされたミス・ビアンカは、ペイシェンスの友情《ゆうじょう》に、思わず泣《な》きそうになりながら、ダイヤの館《やかた》でやったのとおなじように、もう一度脳《どのう》みそをしぼって考えはじめました……。

3

「わたくしたちがいちばんおそれなければならないのは、なんといっても、暴君《ぼうくん》と八《や》つ裂《ざ》きだわ。」と、ミス・ビアンカは考えました。（森へ散歩《さんぽ》にいくと、ペイシェンスがいったのが、森をぬけて逃《に》げるというつもりだったことは、彼女《かのじょ》には、わかりすぎるほどわかっていました。）

「においをかぐ彼《かれ》らがいなければ、おそろしい大男の森番でさえ、まよってしまうかもしれないわ。彼《かれ》らを味方《みかた》につけることさえできれば！」と、ミス・ビアンカは考えました。「ひとは、見かけによらぬもの。」と、考えると、ミス・ビアンカは、内心おかしくなりました。「すべてのものが、美《うつく》しく生まれるなんてことありえないわ。みにくき姿《すがた》なれど、心やさしってこともあるわ。だから、暴君《ぼうくん》と八《や》つ裂《ざ》きは、生まれつきの（ブラッドハウンドというのは、血《ち》に飢《う》えた猟犬《りょうけん》という意味《いみ》ですから）おそろしいご面相《めんそう》よりも、なかみは、もっとおだやかかもしれないわ。わたくしたちの境遇《きょうぐう》を、やさしいわずかなことばで彼《かれ》らに話せば、彼《かれ》らは心を動《うご》かされるかもしれない。そうだ。彼《かれ》らのところにいってみよう。」

もしバーナードがそこにいれば、（そのころ、彼《かれ》は、森のなかにもぐりこんでいました。）彼女《かのじょ》がたちまちえじきにな
ってしまうという理由《りゆう》で、もちろん、彼女《かのじょ》をとめようとしたでしょう。けれども、バーナードはいませんでした。そして、じっさいには、ミス・ビアンカの自信《じしん》が的中《てきちゅう》することになりました。いつもつつましやかにふるまっていましたが、彼女《かのじょ》には、この境遇《きょうぐう》でも、まったくおとろえない、警察《けいさつ》が警護《けいご》をもうしでると思われるほ

どの、V・I・P(とてもたいせつな人物《じんぶつ》)の雰囲気《ふんいき》がありました。ミス・ビアンカが、暴《ぼう》君《くん》と八《や》つ裂《ざ》きの部屋《へや》にはいっていくと、二ひきとも、さっと前足を立ててからだをおこし、敬礼《けいれい》をしました。

「おじゃまだったら、どうぞおゆるしになって。」と、ミス・ビアンカは、やさしくえしゃくをかえしました。「ちょうどこのそばをとおりかかったものですから、お話しにおよりしてみたの。」

「詰所《つめしょ》にご婦人《ふじん》をおむかえするのは、光栄《こうえい》であります。」と、暴君軍曹《ぼうくんぐんそう》は、さっとこたえました。「八《や》つ裂《ざ》き伍長《ごちょう》、ご婦人《ふじん》にいすを!」

八《や》つ裂《ざ》き伍長《ごちょう》が、ミス・ビアンカのすわれそうなものをさがしているあいだ、ミス・ビアンカも、内心はこわくてたまらなかったのに、平気《へいき》な顔で、あたりを見まわしました。これまで一度《ど》も、警察《けいさつ》の詰所《つめしょ》にきたことはありませんでした。軍人《ぐんじん》でも彼女《かのじょ》の知っていたのは、槍騎兵《そうきへい》や軽騎兵《けいきへい》ばかりでした。――ぼうやと彼女《かのじょ》は、そんな兵隊《へいたい》さんたちと、大使《たいし》の馬車とならんでにぎやかに行進《こうしん》する彼《かれ》らのおつとめがすんだあとで、いっしょにお昼ごはんを食べたりしたものです。ここには、きらきらした連隊《れんたい》の盾《たて》は、もちろんなく、――

ポロやクリケット競技《きょうぎ》の賞杯《しょうはい》などをならべるたなもありませんでした。けれどもあたりは、そうじがゆきとどいて清潔《せいけつ》でした。ですから、しばらくして、八《や》つ裂《ざ》き伍長《ごちょう》が、とくべつによくみがいたゾウゲのいすのようなものをさしだしたとき、ためらわずに、その上にすわりました。

——「これからなにをやるにしても、」と、ミス・ビアンカは考えました。「世帯《しょたい》もちの宿舎《しゅくしゃ》をおとずれた大佐夫人《たいさふじん》のように見られてはいけないわ！」——そんなわけで、彼女《かのじょ》は、こしかけたいすを、くわしくしらべませんでした。そして、すぐに、かるい話をはじめました。

「なんと気持《きも》ちのよい宿舎《しゅくしゃ》にお住《す》まいですこと。」と、ミス・ビアンカは、いいはじめました。「わたくしもそうですけれど、あなたがたも、この有名《ゆうめい》な森がお好《す》きなんでしょうね？　木々や下草の美《うつく》しいこと！　こんなすばらしい森にかこまれた環境《かんきょう》でおつとめなんて、あなたがたは、なんと恵《めぐ》まれたブラッドハウンド犬なんでしょう！」

彼女《かのじょ》は、とくにやさしいことばだけで話していたわけではありませんが、兵隊《へいたい》さんやおまわりさんは、彼《かれ》らの教養《きょうよう》より少し高い程度《ていど》のことばで話しかけられるのが好《す》きなものです。暴君《ぼうくん》も八《や》つ裂《ざ》きも例外《れいがい》ではありませんでした。ご婦人《ふじん》がなにをいおうとききもらすまいと、二ひきの耳は、うなずくようにゆっくり動《うご》いていました。ただ、二ひきのどちらも、なにもいいませんでした。ミス・ビアンカは、二ひきをたのしませるために、ここへきたのでも、自然《しぜん》の美《うつく》しさの鑑賞《かんしょう》のしかたを教えにきたのでもありません。もう二言三言、きれいな表現《ひょうげん》をつかったあと、単刀直入《たんとうちょくにゅう》に問題《もんだい》の中心にせまりました。

「シラカバのこずえごしに夜があけるのね！」と、感嘆《かんたん》するようにいいました。「なんというよろこび！　夜あけと森のシルエットね！——おふたりとも、ときどき、その美《うつく》しさを、おかあさまにお手紙なさるんでしょう？」

二ひきは、まだなにもいいませんでしたが、たしかに胸《むね》をうたれたようすでした！

「それとも小さないもうとさんがいらして？」と、ミス・ビアンカは、ますます希《き》望《ぼう》をつよめながらつづけました。「いもうとさんにお書きになるの？——それはそうと、」彼《かの》女《じょ》は、なにくわぬ顔できききました。「こんど、だれかの小さないもうとさんが、この山荘《さんそう》にいらしたでしょ？」

ついに暴君《ぼうくん》がいいました。

「青目で金髪《きんぱつ》、身長《しんちょう》、約《やく》百二十センチ、体重《たいじゅう》、約《やく》二十五キロ、すでに人相書配布《にんそうがきはいふ》ずみ。」

と、暴君軍曹《ぼうくんぐんそう》は、少女のことをみとめました。

4

それをきいてミス・ビアンカは、たいへんショックをうけ、平静《へいせい》をとりもどすのに、しばらくかかるほどでした。そして、とつぜん、ひとは、見かけによるものだ！　ということがあると気づきました。冷《つめ》たい職業《しょくぎょう》用語は、暴君《ぼうくん》が、骨《ほね》のずいまで警察官《けいさつかん》であり、いっさいの温情《おんじょう》を感《かん》じないようになっていることを、はっきりと示《しめ》しました。

悲《かな》しそうな、胸《むね》をうたれたような顔つきでだまされたのです。――まぶたが、たらりとたれさがっているせいかもしれません。――そのおそろしい上あごと下あごを見れば、だまされなかったのに。彼《かれ》は、たぶんおかあさんに手紙など一度《ど》も書かないでしょう。

「どうしてあなたは、かわいそうなその子のことを、犯罪人《はんざいにん》みたいにおっしゃるの？」

ミス・ビアンカは、気持《きも》ちを傷《きず》つけられて声を高めました。

「非行《ひこう》少女であります。」と、暴君《ぼうくん》は、ミス・ビアンカのことばを訂正《ていせい》しました。

「法律《ほうりつ》の定《さだ》めるところに、きびしくしたがい、」と、八《や》つ裂《ざ》きが口をはさみました。「追《つい》跡《せき》をするのが、われわれの義務《ぎむ》であります。」

「でも、ペイシェンスは、非行《ひこう》少女ではないのよ！」と、ミス・ビアンカは、大声でいいました。「生まれてから一度《ど》もわるいことなんかしていないのよ！」

「だが、するかもわからんですな。」と、暴君《ぼうくん》がいいました。

「たとえば、逃亡《とうぼう》。」と、八《や》つ裂《ざ》きがいいました。「やつは逃《に》げますよ、な、軍曹《ぐんそう》？」

ミス・ビアンカは、からだがふるえました。けれども、たいへんな努力《どりょく》で、その感情《かんじょう》が外へでるのをおさえました。

「あなたがたのお仕事《しごと》が追跡《ついせき》というのは、とうぜんなんですけれど、」と、ミス・ビアンカは、賛成《さんせい》するようにいいました。「たとえば、逃亡《とうぼう》した殺人犯《さつじんはん》をあなたがたが身《み》の危険《きけん》をわすれて追跡《ついせき》するときの、忠実《ちゅうじつ》さは、きっと、みなさんの称賛《しょうさん》のまとでしょうね。わたくしも、警察《けいさつ》のかたがたを、心から尊敬《そんけい》しておりますの。でも、ペイシェンスのようなちっぽけな子どもなんか――たった二十五キロの体重《たいじゅう》よ、おぼえていらして――気にもなさらないんでしょうね？　ほんとに、おかしな風景《ふうけい》になりますもの――あなたがたのように たくましいブラッドハウンド犬が、二ひきもそろって追《お》いかけるなんて！　ペイシェンスが、もし、森のなかを逃《に》げるようなことがあっても、まさか、おふたりは、追跡《ついせき》などなさらないわね？」と、ミス・ビアンカは、おしつけるようにいいました。

暴君軍曹《ぼうくんぐんそう》と八《や》つ裂《ざ》き伍長《ごちょう》は、ひたいにしわをよせました。――ブラッドハウンド犬のひたいは、いつでもしわがよっています。頭の血《ち》のめぐりのわるい証拠《しょうこ》です。彼《かれ》らは、彼《かれ》らのおとうさんやおじいさんが考えなかったことは、なに一つ考えないのです。おとうさんやおじいさんが考えたことでも、彼《かれ》らは、それを思い出し、くりかえしくりかえし考え、ようくしらべなければ、なにもわかりません。けれども、せっかく、ひととおりその順序《じゅんじょ》で考えても、かれらの頭は、ばかじゃないかと思われるほど、こちこちなのです。

「命令《めいれい》されれば、追跡《ついせき》あるのみ。」と、暴君《ぼうくん》はいいました。

「大公妃《たいこうひ》さまの命令《めいれい》とあらば。」と、八《や》つ裂《ざ》きがいいました。

「大公妃《たいこうひ》さまの命令《めいれい》とあらば、われわれは、したがわねばならんのです。」と、暴君《ぼうくん》が、あらためていいました。

ミス・ビアンカは、彼《かれ》らに対《たい》する軽《けい》べつと反感《はんかん》をかくすために、下を見ました。そして、そのときはじめて、彼女《かのじょ》がすわっているものはなにか、くわしくたしかめました。彼女《かのじょ》の美術《びじゅつ》のべんきょうのなかには、もちろん解剖学《かいぼうがく》もふくまれていました。彼女《かのじょ》がその上にすわっていたのは、しゃぶりつくされた小さなすね骨《ぼね》でした。

「でも、むすめは、つかれきってるから、今夜逃《に》げることたぁあるまい――な、軍曹《ぐんそう》？」

と、八《や》つ裂《ざ》き伍長《ごちょう》が、にやりとわらいました。

5

「ペイシェンス、」大公妃《たいこうひ》のかつらとりをおえて、ペイシェンスがもどってくるやいなや、ミス・ビアンカは、力をこめていいました。「わたくしたちは、今夜、ただちに逃《に》げなければだめよ！　今夜だけがチャンスなの。――暴君《ぼうくん》と八《や》つ裂《ざ》きは、わたくしたちを追《お》いかけなければ、めちゃくちゃにくいちぎるか、どちらかよ！」

「ああ、」と、ペイシェンスは、ため息《いき》をつきました。「もう、つかれきってしまったのよ。──それに、肩《かた》は、まだとてもいたいし!」

「今夜だけがチャンスなのよ!」と、ミス・ビアンカは、力づよく、くりかえしました。「居間《いま》にあった地図もしらべてきたの──(ミス・ビアンカは、暴君《ぼうくん》と八《や》つ裂《ざ》きの詰所《つめしょ》からのかえり道、それをみつけたのでした。)──そしたら、ここは、〈幸《しあわ》せの谷〉から北へ、四キロメートルもはなれていないのよ! そこへつきさえすれば、あなたは、もう二度《にど》と逃《に》げる心配《しんぱい》はしなくてもいいのよ! 勇気《ゆうき》をだして、ペイシェンス、わたくしをポケットに入れて、どんなにおそろしくても、さあ、自由《じゆう》と幸《しあわ》せのために、最後《さいご》の切《き》り札《ふだ》をなげましょう!」

つかれはてていても──肩《かた》が、どれほどいたくても──ミス・ビアンカのはげましのことばに、ペイシェンスは、勇気《ゆうき》をふるいたたせました。

6

少なくとも大公妃《たいこうひ》の山荘《さんそう》は、ダイヤの館《やかた》ほどげんじゅうに、くさびやかんぬきはしてありませんでした。あるいは、マンドレークが、馬車の旅《たび》でつかれきってしまったので、見まわりをじゅうぶんにやらなかったのかもしれません。とにかく、一階《かい》の小窓《こまど》の一つが、半びらきになっていたのです。ペイシェンスがぬけだすには、小さなすきまがあればじゅうぶんでした！　――そして、逃《に》げだすとちゅうで、失《うしな》ったものは、彼女《かのじょ》のハンカチだけでした。

ふたりは、外にでると、ちょっとまって耳をすませました。すべては、しずまりかえっていました。それから、背《せ》の高い陰《いん》うつな山荘《さんそう》をふりかえりました。明かりは、一つも見えませんでした。

「わたくしを上にあげて、ペイシェンス、」と、ミス・ビアンカはいいました。「星が見えるように！」

ペイシェンスは、ミス・ビアンカを手のひらにのせて、そっと上へあげました。ミス・ビアンカは、目をこらして、夜空をじっと見あげました。すぐにオオグマ座《ざ》をみつけました。――その尾《お》が、北を指《さ》しています。

「〈幸《しあわ》せの谷〉は、南によこたわります。わたくしどもは、あなたの尾《お》をうしろに見てすすめばいいのですね、恵《めぐ》みふかき北斗《ほくと》七星《しちせい》よ！」ミス・ビアンカは、声高らかにいいました。ほんとに教養《きょうよう》ゆたかなミス・ビアンカは、すべての正しいよびかけのことばを知っていました。オオグマ座《ざ》も、むかしなつかしい正式《せいしき》のよび名でよばれてよろこんだのでしょう。光をつよめてかがやきだしたように見えました。

「そのとおりだよ、おちびさん！」と、オオグマが、やさしくふとい声でいいました。（森の炭焼《すみや》き小屋《ごや》では、その声が、雷《かみなり》のようにひびきました。）「さあ、いくんだ、おちびさん。わしは、北極星《ほっきょくせい》を見はっとらにゃあいかんからな！」

「わたくしたちは、北極星《ほっきょくせい》を背《せ》にしてすすむのよ。」と、ミス・ビアンカは、ペイシェンスにいいました。「どの星か、おぼえていられて？」

「ええ、そのつもりよ！」ペイシェンスは、冷《つめ》たい夜の空気のなかで少しふるえていましたけれど、勇気《ゆうき》をだしていいました。

ふたりのすすむその方向《ほうこう》に、森が口をあけていました。ミス・ビアンカをポケットにもどすと、ペイシェンスは、影《かげ》にすいこまれるように、足音をしのばせて、森にはいっていきました。足の下に、コケとブナの実《み》が感《かん》じられました。――その上を走るのは、とてもやさしいことなので、まもなく目が闇《やみ》になれてくると、とてもはやく走ることができました。しかも、とてもなめらかに走れたので、ミス・ビアンカは、その振動《しんどう》を、ここちよくさえ感《かん》じていました。

「予想《よそう》したよりも、はるかにはるかにうまくいってるわ！」と、ミス・ビアンカは思いました。「チャンスをとらえて、ほんとうによかったわ！」

空気は冷《つめ》たかったけれど、――自由《じゆう》のいぶきで、あまくさえ感《かん》じられました！

7

ところが、なんという不運《ふうん》でしょうか、ふたりのぬけだした山荘《さんそう》で、大公妃《たいこうひ》が、とつぜん目をさますとは！

いつもなら彼女《かのじょ》は、ひと晩《ばん》じゅう、ぐっすりねむりつづけるのです。夢《ゆめ》さえも見ずに。というのも大公妃《たいこうひ》には、夢見《ゆめみ》ることはなにもないのです。彼女《かのじょ》ののぞむもの――富《とみ》も力も、とりわけひとに苦痛《くつう》をあたえる力――のすべてが彼女《かのじょ》の自由《じゆう》になっていたからです。なれないベッドのせいだったかもしれません。とにかく理由《りゆう》はどうあれ、大公妃《たいこうひ》は、とつぜん目をさましました。——そして、気がふれたようによびりんをふる音に、マンドレークがあわててかけつけると、ペイシェンスをよべと命《めい》じました！

「ペイシェンスをよぶんじゃ。」と、大公妃《たいこうひ》は命《めい》じました。「足をもませるんじゃ！」

ガウンをひっかけ、スリッパをはいたマンドレークは、よろよろとかけだしました。——女主人《おんなしゅじん》の命令《めいれい》にあわてたマンドレークの足から、はじめに右のスリッパがぬげ、つづいて左のスリッパがぬげました。けれども山荘《さんそう》のなかをすみからすみまでさがしたマンドレークは、いっそう力ない足どりでもどってきました……。

「大公妃《たいこうひ》さまにもうしあげます。」マンドレークは、くびをすくめながらつぶやきました。「子どもは、どこにも見あたりませんようで……」

「見あたらんだとえ！」大公妃《たいこうひ》はさけびました。「ねむってるなら、たたきおこせ！　なにをぬかす、見あたらんなぞと！」

「大公妃《たいこうひ》さまにもうしあげます。——ここにおらんのでございます。」執事《しつじ》は、つぶやきました。「つまり、どこにもみつからないのでして……」

ここでもっともおそろしいのは、大公妃《たいこうひ》が、まえにも一度《ど》おなじようなことを経験《けいけん》していたということです。小さなすね骨《ぼね》が、その証拠《しょうこ》でなくてなんでしょう。

「なに、もう逃《に》げたとえ？」大公妃《たいこうひ》は、悲鳴《ひめい》に似《に》たさけび声をあげました。「森番をおこせ！　暴君《ぼうくん》と八《や》つ裂《ざ》きをはなて！　むすめをつれもどせ、殺《ころ》してもだぞえっ！」

たちまち、さわぎと混乱《こんらん》がはじまりました──だが、目的《もくてき》のないさわぎと、やることのわからない混乱《こんらん》ではありませんでした！　森番の小屋《こや》めざして、マンドレークが、ころげるように走りました。ふたりは、ブラッドハウンド二ひきをときはなつために、猟犬小屋《りょうけんごや》へ走りました。ペイシェンスのハンカチが（窓《まど》のさんにひっかかっていたのをみつけて）、二ひきの鼻《はな》さきにつきだされました。暴君《ぼうくん》と八《や》つ裂《ざ》きは、そのハンカチに、ねずみの残《のこ》り香《が》もかぎつけました。

「やさしいえじきだ。な、軍曹《ぐんそう》！」と、八《や》つ裂《ざ》き伍長《ごちょう》が、かちほこったようにほえました。──このまえはなたれてから、ずいぶんひさしぶりのことなので、二ひきは、期待《きたい》に胸《むね》はずませながら、まりのようにとびだしました。森番は、鉄《てつ》のこん棒《ぼう》をひっつかんで、二ひきのあとを追《お》いました。二ひきの猟犬《りょうけん》と森番が、森のなかにかけだすと、大公妃《たいこうひ》は、寝室《しんしつ》の窓《まど》からかなきり声で、えものを追《お》いだすかけ声をあげました。
「イッヒャオー！」と、大公妃《たいこうひ》の、かなきり声。「イッヒャオー！　暴君《ぼうくん》と八《や》つ裂《ざ》きぃ！　えじきが生きてても死《し》んでても、つれてくるんだぞえっ！」

8

「気がついているかしら、」と、ひと休みしたときに、ミス・ビアンカが、ペイシェンスにいいました。「こわがらせるつもりはないんだけど、八《や》つ裂《ざ》きのほえ声のような声がきこえたように思うの。」

ふたりは、森の茂《しげ》みのまっただなかにいました。すきまなくはえた木々の下には、小道をおおいかくすほどに、とげだらけのイバラのつるがはいまわり、小道からも、やわらかなコケは消《き》え、そのかわり、ごろた石がころがっていました。ペイシェンスは、それらに足をとられて、一、二回ころびました。

「わたしも、きこえたと思ったの。」と、ペイシェンスも、心配《しんぱい》そうにいいました。

「もう少しはやく走ることができて?」と、ミス・ビアンカはいいました。

「走るわ!」と、ペイシェンスがいいました。もちろんバーナードも、ふたりとおなじ森のなかにいました。けれども、あの手押《てお》し車《ぐるま》が、おばけキノコにはまりこんでしまい、ひきだすのに四苦《しく》八苦《はっく》していたのです……。

12

森のブラッドハウンド

1

ペイシェンスとミス・ビアンカにとって、それは、長いおそろしい一夜でした。――走り、また走り、ペイシェンスのわき腹《ばら》がいたんだときだけ、ほんの少し立ちどまり、また走り、走りつづけました！――森の奥《おく》ふかくにいるということは、ふたりにとって利点《りてん》にもなりました。無数《むすう》のウサギやイタチが走りまわり、キツネやタヌキのけもの道があらゆるところにあるので、追手《おって》の鼻《はな》がまよいました。ミス・ビアンカのきいたほえ声は、八《や》つ裂《ざ》きのものでした。彼《かれ》は、軍曹《ぐんそう》より足がはやかったので、（伍長《ごちょう》というのは、しばしば、そういうものです。）ただちに追跡《ついせき》の先頭にたちました。それがペイシェンスとミス・ビアンカにとって幸《さいわ》いだったのです。彼《かれ》の鼻《はな》が、ときどき彼《かれ》のすすむ方向《ほうこう》をあやまらせました！

ふたりは、息《いき》のつづくかぎり走りました。ただ一度《ど》だけ、炭焼《すみや》き人夫《にんぷ》のまずしい小屋《こや》で休ませてもらいました。〈幸《しあわ》せの谷〉をのぞむ大きな森のなかには、あちこちに炭焼《すみや》き小屋《ごや》がありました。逃亡者《とうぼうしゃ》たちは、幸運《こううん》にも、親切なばかりでなく正直な人夫《にんぷ》の小屋《こや》にまぎれこんだのでした。まちがえば、明かりのついた窓《まど》は、ふたりを破滅《はめつ》にさそいいれていたかもしれません。――炭焼《すみや》き人夫《にんぷ》の多くは、自分のまずしい仕事《しごと》のほかに、森の密猟者《みつりょうしゃ》をつかまえるという、大公妃《たいこうひ》の森番の下働《したばたら》きもかねていたのです。ですから、ペイシェンスが、コップ一ぱいのミルクを、ミス・ビアンカが、チーズのひとかけらをあたえられ、たき火のそばに一時間もすわらせてもらえたこの小屋《こや》でさえも、ふたりが歓迎《かんげい》されていないことはあきらかでした……。

「わしは、なにもきかねえ。」と、正直な炭焼《すみや》き人夫《にんぷ》はいいました。「また、どんな質問《しつもん》にもこたえねえ。――おまえたちを追《お》いかけているのが、だれでもな！　やっぱりなにもいわねえ。――大公妃《たいこうひ》さまの森番の口笛《くちぶえ》がきこえようが――大公妃《たいこうひ》さまのブラッドハウンドのほえ声がしようがだ。――でもな、わしには、妻《つま》も子どももあるからな――」

ペイシェンスは、なごりおしそうに、あたたかいいろりを見つめました。けれども、ミス・ビアンカといっしょにいるあいだに、彼女《かのじょ》は、ほんとうの礼儀《れいぎ》を学びました。

「わたしは、逃《に》げつづけます。」と、ペイシェンスは、ていねいにいいました。「ミルクをありがとうございました。」

2

「あのむすめを生けどりにして、つれもどればいいと思ってるぞえ。」大公妃《たいこうひ》は、たのしんでいるように、マンドレークにむかっていいました。マンドレークは、こびへつらうように、あたためなおした野ウサギのむし肉を、大公妃《たいこうひ》の夜食にもってきたところでした。

「大公妃《たいこうひ》さまの寛大《かんだい》なお気持《きも》ちは、よく存《ぞん》じあげております。」と、マンドレークはいいました。

けれども、マンドレークのような残酷《ざんこく》な男でさえ、もし森番がペイシェンスをつれもどせば、彼女《かのじょ》の運命《うんめい》はどうなるかを考えると、からだがふるえだすのでした……。

3

木かげにのたうつイバラは、ペイシェンスのスカートをひきさき、くるぶしにつめをたて、若木《わかぎ》の枝《えだ》は目をはらい、ふとい根《ね》は、彼女《かのじょ》をころげさせました。彼女《かのじょ》の手の指《ゆび》は、大《たい》公妃《こうひ》のかつらのダイヤモンドの星に傷《きず》つけられて血《ち》がでていましたが、こんどは、とげやイバラで、両足《りょうあし》が、それよりもひどく血《ち》だらけになりました。大公妃《たいこうひ》のつえのこぶのいたさもたえられないものでしたが、ハシバミの枝《えだ》のむちは、それよりもひどい苦痛《くつう》をあたえました！　けれどもペイシェンスは、走りつづけました。――ミス・ビアンカをポケットに入れたまま――死《し》にものぐるいで走りつづけました。

ペイシェンスが、苦《くる》しさにたえきれず立ちどまると、ミス・ビアンカは、できるだけ冷《つめ》たく彼女《かのじょ》をはげましました。

「あなたのりっぱな態度《たいど》にかんげきしたわ、ペイシェンス。」と、ミス・ビアンカは、とぎれとぎれにいいました。（ポケットのなかでころげまわり、気がとおくなりそうでした。）「あのまずしい正直な炭焼《すみや》き人夫《にんぷ》にあなたがいったことば、ほんとにりっぱだったわ。」

「そうだったかしら？」と、ペイシェンスは、あえぎながらいいました。「ほんとは、あそこにいたくてたまらなかったのよ！」

「だから、なおりっぱなのよ。」と、ミス・ビアンカはいいました。「客間《きゃくま》ではだれでも礼儀《れいぎ》正《ただ》しくふるまえるものだけど、ブラッドハウンドの追跡《ついせき》から逃《に》げながら、しかも礼儀《れいぎ》正《ただ》しくふるまえるなんて、あなたの心は、ほんとうに気高いのね。――こんどきこえたのは、暴君《ぼうくん》のほえ声かもしれないわ。走りつづけたほうがいいわよ。」

ふたたびペイシェンスは走りました。ミス・ビアンカにはげまされると、森の木立がまえほどこく見えなくなり、イバラのとげのいたさもうすらぎ、つまずいてころぶ回数も少なくなりました。まもなくペイシェンスは、くだり坂《ざか》にかかりました。するとおどろいたことに、とつぜん、森の木立がうすくなり、木々の高さがひくくなりました。――森は、雑木林《ぞうきばやし》となり、やがて、くぼんだ道路《どうろ》ぞいにはえる生垣《いけがき》だけになりました。ふたりは、ついに、〈幸《しあわ》せの谷〉についたのです！　――そして、道路《どうろ》のまがり角に、大きなカシの木がたっていました……。

ミス・ビアンカは、その木を、すぐに思い出しました。

「もうすぐ、つぎのまがり角よ。」と、ミス・ビアンカはさけびました。「そして、そのさきの小道をはいったところ！　走って、ペイシェンス、走って――まちがいなく暴君《ぼうくん》の声よ！」

さいごの力をふりしぼって、ペイシェンスは走りました。あまりのはやさに、ミス・ビアンカは、ポケットからほうりだされそうでした。両手《りょうて》で、ポケットの内側《うちがわ》を、力いっぱいにぎりしめました。

「家についたわ！」と、ペイシェンスがあえぎながらいいました。

「ぶじに！」と、ミス・ビアンカも、息《いき》たえだえにいいました。「よびりんをならして！」

「とどかないわ！」ペイシェンスが、泣《な》き声《ごえ》でいいました。

「じゃあ、戸をたたくのよ！」と、ミス・ビアンカはあえぎました。「暴君《ぼうくん》と八《や》つ裂《ざ》きの声がきこえる！　たたいて、力いっぱい！」

「力いっぱいたたいているのに！」ペイシェンスは泣《な》き声《ごえ》です。

その瞬間《しゅんかん》、二ひきのブラッドハウンドは、カシの木の角をまわって姿《すがた》をあらわしました。

――頭をさげ、おそろしいあごから、よだれをたらし、火のような目をして。

それなのに、どうして、ああ、どうして、この戸はあかないのでしょう！

4

家のなかでは、ひろいいごこちのよい台所《だいどころ》で、おひゃくしょうが立ちあがり、おおあくびをしました。

「かあさんや、寝《ね》る時間じゃよ。」と、だんなさんはいいました。

「あい、おやすみの時間です。」と、おくさんがこたえました。

おひゃくしょうが、だんろの残《のこ》り火《び》を足でけちらせば、おくさんが、二つの大きなランプを消《け》しました。ともしびのさいごのゆらめきが、天井《てんじょう》の影《かげ》を追《お》いました。まっ赤なゼラニュームの花が、あたたかい、やわらかいカーテンを背《せ》に、黒ビロードのようなシルエットをつくりました。

「わしを五時におこしてくれよ。」と、おひゃくしょうはいいました。「それから若者《わかもの》たちもな。まだダンスをたのしんでいるんだろう、陽気《ようき》なだて男どもは!」

「陽気《ようき》なだて男、陽気《ようき》な働《はたら》き手《て》。」と、おくさんがいいました。「おきたら、あついオートミールができていますからね。——あれ、あなた、どうしたんでしょう、犬のほえ声が!」

「密猟者《みつりょうしゃ》をおってるだけさ。」と、おひゃくしょうはいいました。

「子どもたちのところへ、ぶじに逃《に》げかえれますように!」と、おひゃくしょうのおくさんはいいました。

ふたりとも、ペイシェンスが戸をたたく音がきこえませんでした。戸につけられた大きな鉄《てつ》のノッカーが、ペイシェンスの小さな手に重《おも》すぎたばかりか、ペイシェンスは、つかれきっていたのです。彼女《かのじょ》がかろうじて戸をたたく小さな音は、二ひきのブラッドハウンドのほえ声でかき消《け》されてしまいました。

「この家に、」と、おひゃくしょうのおくさんはいいました。「そして、家のないまずしい人びとの上に、神《かみ》さまのお恵《めぐ》みを！」そして、おくさんとだんなさんは、ベッドにはいりました。

5

「この戸があくとは思えないわ！」と、ペイシェンスは、泣《な》き声《ごえ》でいいました。

ミス・ビアンカは、いそいでうしろを見わたしました。一瞬《いっしゅん》、暴君《ぼうくん》と八《や》つ裂《ざ》きのスピードがのろくなりました。――二ひきは、ブタ小屋《ごや》のよこにいました。ほんの一瞬《いっしゅん》ですが――一瞬《いっしゅん》の息《いき》ぬきがありました。追手《おって》の力のおよばない安全地帯《あんぜんちたい》の、その戸口に立ちながら、そのなかにはいるのぞみをまったく失《うしな》って、つぎの瞬間《しゅんかん》、なにがおこるかを考えると、ミス・ビアンカは、血《ち》のこおる思いがしました。

「ここにいたら、八《や》つ裂《ざ》きにされてしまう！」ミス・ビアンカは、あえぎました。「ペイシェンス、もう一度逃《どに》げて！」

「もう走れない！」と、ペイシェンスは泣《な》きました。「足が動《うご》かない！」もう死《し》にものぐるいの方法《ほうほう》しかありませんでした。ミス・ビアンカは、生まれてから一度《ど》もしたことのないことをしました。ふだんならクリームチーズよりかたいものをかむことのない、小さな白い歯《は》をがっとひらいて、エプロンとスカートとペチコートをとおして、ペイシェンスにするどくかみつきました。

「さあ、走るのよ！」ミス・ビアンカは命《めい》じました。「ハト小屋《ごや》にいきつけさえすれば——野菜畑《やさいばたけ》をよこぎって右手の——まだ助《たす》かるのぞみがあるわ！」

ペイシェンスは走りました。

6

ミス・ビアンカがまえもって、農場《のうじょう》を完全《かんぜん》にしらべておいたことが幸《さいわ》いしました！——しらべてなければ、ハト小屋《ごや》のことなど、まったく知らなかったでしょう。しかもミス・ビアンカは、その位置《いち》をおぼえていただけでなく、ハト小屋《ごや》のなかには、一列《れつ》めの巣《す》

箱《ばこ》のうしろにひろいたながあって、そのたなにのぼるはしごがあったことさえ思い出したのです。ブラッドハウンドがはしごにのぼれないことは、もちろん常識《じょうしき》です。けれども、ミス・ビアンカの水ももらさぬ準備《じゅんび》があったからこそ、それを利用《りよう》することができたのです。
「さあ、はしごをのぼって！」
ミス・ビアンカは命《めい》じました。
――そして、気がとがめながら、必要《ひつよう》なことだと自分にいいきかせて、またペイシェンスにかみつきました。そして、やっと心もとない仮《かり》の安全地帯《あんぜんちたい》にたどりつくと、ふかく息《いき》をすいこみました。それは、まるで何年ぶりかの深呼吸《しんこきゅう》のように思われました……。

7

ふたりのまわりでハトが目をさまし、くーくーと鳴きだしました。

「ここにきたのは、だれ、だれ？　くーくー。」と、ハト語できききました。「くー、だれかしら、わかる、くー？」

「ふたり、ふたり、くーくー！」いちばん近くの巣箱《すばこ》のハトたちがいいあうのがきこえました。「でも、だれかしら？　くーくー。」

ペイシェンスは、もちろんハトと話すことはできませんでしたけれど、ハトたちを安心《あんしん》させなければなりませんでした。またまた運《うん》のいいことに、ミス・ビアンカは、ハトのことばが完全《かんぜん》にわかりました！　――歌のレッスンをうけたときに、ハト語をべんきょうしたのです。

「おことわりもせずはいりこむ失礼《しつれい》、どうぞおゆるしください。」と、ミス・ビアンカはいいました。――プリマドンナのように正確《せいかく》に、はっきりと、ことばをくぎっていいました。そのうえ、どんなプリマドンナが外国語を話す場合よりも、ただしい発音《はつおん》でいいました。「わたくしとわたくしの幼《おさな》い友は、みなさまのご親切におすがりしたいのです！　わたくしたちは、こじきでもどろぼうでもありませんし、警察《けいさつ》に追《お》われる逃亡者《とうぼうしゃ》でもありません。たまたま、二ひきのブラッドハウンドが、うるさくわたくしたちのあとについてくるのです。」

「だれ、だれがついてくるの？」と、ハトたちは、知りたがりました。

けれどもミス・ビアンカは、ねむたいハトたちに、ブラッドハウンドの性格《せいかく》を説明《せつめい》するのは、とてもむりだと思いました。――ハトたちは、はっきり目をさましているときでも、あまり頭がよくないのです！

「大きな鳥ですよ。」と、ミス・ビアンカはいいました。「でも、しめきった場所《ばしょ》がきらいですから、ここにははいってきません。」（「そう、そう！」ハトたちは、無知《むち》と思われるのがいやなので、声をあわせていいました。）

「というわけですので、みなさまのおゆるしをいただいて、」と、ミス・ビアンカはつづけました。「朝まで、このひろいたなで休ませていただきます。朝になればおいとまいたします。――みなさまは、きっと、おやさしい、ご親切なご行為《こうい》を、いつまでもたのしくおぼえていらっしゃるでしょう。」

ミス・ビアンカの演説《えんぜつ》が、効果《こうか》をあげないことは、めったにありませんでした。こんども成功《せいこう》でした。ハトたちは、むずかしいことばがよくわかりませんでしたけれど、安心《あんしん》もしましたし、彼女《かのじょ》のおせじに気分をよくして、まんぞくそうにくーくーと鳴いて、みんな寝《ね》てしまいました。

「あなたがわたしにうたってきかせてくれたのは、このハトたちのこと?」ふたりが、たなの上でおちつくと、ペイシェンスが、そうききました。

「とんでもない。ちがいますとも!」と、ミス・ビアンカは、はっきりといいました。「歌のハトたちは、もっとセンスがありましてよ! ――さあ、ここで朝までがんばるだけね。」と、ミス・ビアンカは、うれしそうにいいました。「助《たす》けがきっとくるわ。そしてペイシェンス、やさしいうでが、あなたをむかえてくれるのよ!」

「もちろん、がんばるわ。」と、ペイシェンスはいいました。「このたなからおちるのだけが心配《しんぱい》よ。――ほんとうにやさしいうでが、わたしをむかえてくれるかしら、」と、彼《かの》女《じょ》は、まちこがれるようにいいました。「ブラッドハウンドがくるまえに?」

「わたくしのことばを信《しん》じていいわ。」と、ミス・ビアンカは、いいきりました。

けれども、朝までまだ何時間もありました。そして、はしごをのぼることのできる大公《たいこう》妃《ひ》の森番が、二ひきのブラッドハウンドのあとを、まちがいなくついてきていたのです……。

ミス・ビアンカは、ペイシェンスが、森番のことをすっかりわすれていることをねがいました。彼女《かのじょ》も、森番のことがわすれられたらと思いました!

「どこなの、いったい、どこにいるの、バーナード?」ミス・ビアンカは、死《し》ぬ思いでバーナードのことを考えました。

13

さいごの戦《たたか》い

1

がんじょうな手押《てお》し車《ぐるま》があったからこそ、バーナードはもちこたえました。くぼみに車がはまりこめば、つかれたからだをかじ棒《ぼう》にもたせかけ、力をふりしぼって車をおし、くだり坂《ざか》にかかり、車が、ひとりでにころがりだせば、たとえわずかの時間でも、その上にとびのってからだを休めました。それがなければ、とうのむかしに、ぶったおれていたかもしれません。もうすっかり方向《ほうこう》の感覚《かんかく》がなくなり、バーナードは、ただ動《うご》きつづけているだけでした。そして、まったくぐうぜんのチャンスで、下草にかくれてきれぎれにつづいている小道にさまよいでました。するとすすむのが、ずっとらくになりました。

その小道のつきるところに炭焼《すみや》き人夫《にんぷ》の小屋《こや》がたっていました。

バーナードは、とにかくどこかでとまらなければならなかったので、その小屋《こや》の戸口でとまりました。バーナードは、戸をたたきませんでした。というのも、ちょうどそのとき炭焼《すみや》き人夫《にんぷ》が、自分の家族《かぞく》のために、ちょっぴり密猟《みつりょう》をやろうと、でてきたからです。その姿《すがた》を見て、バーナードはさきに話しかけました。――夜盗《やとう》ではないことを知らせたかったのです。

「えー、ナイフをおとぎします？」と、バーナードは、なさけなさそうにいいました。

「ナイフなんか、ねえよ。」と、炭焼《すみや》き人夫《にんぷ》はいいました。

「おかみさんのはさみはいかがです？」と、バーナードは、とっさにきいてみました。

「はさみもねえはずだよ。」と、炭焼《すみや》き人夫《にんぷ》はいいました。「わしの知ってるかぎりじゃあ。」――炭焼《すみや》き人夫《にんぷ》は、するどい目つきでバーナードをながめました。とぎ屋《や》にばけ、どろだらけの旅《たび》をしたあとでも、バーナードもちまえの気品《きひん》はかくせませんでした。「でも、おまえは、品《ひん》のいいねずみだから、きいてみてやるよ。」

「どうぞ、おかまいなく。」と、バーナードはいいました。

けれども、炭焼《すみや》き人夫《にんぷ》は、もうくびをまわしてさけんでいました。

「マーサ！」と、大声でいいました。「とぎ屋《や》にだす、はさみあるけえ？」

「なんだね、夜こんなおそく？」おかみさんの声が、小屋《こや》のなかからはねかえってきました。「なんで、そんなこときくんだね？」

「ここで品《ひん》のいいねずみが、とぎたいっていうもんだからな！」と、炭焼《すみや》き人夫《にんぷ》は、奥《おく》にむかっていいました。

それをきいて、おかみさんが、見にでてきました。おかみさんもバーナードをつくづくながめて、もうしわけなさそうにくびをふりました。

「はさみも小刀もないよ。」と、おかみさんはいいました。「けどさ、ねずみたち、すっかり、ぎょうぎよくなってるみたいじゃないのさ！ ここに正直にかせいでいるねずみがいるかと思えば、さっきの女の子のポケットにはいってた小さい白ねずみの、なんとまあおぎょうぎのよかったこと！」

バーナードは、それをきいたとたん、しゃんとなりました。太陽《たいよう》がでてきたときにレインコートをぬぐぐあいに、つかれをふっとばしました。

「ふたりがここへきたのは、いつですか？」と、息《いき》をはずませてききました。

「いつったって、今夜、ついさっきだよ！」と、炭焼《すみや》き人夫《にんぷ》のおかみさんはいいました。

「ふたりがいってから一時間もたってやしないよ！」

「どっちの方向《ほうこう》へ？」バーナードは、息《いき》をのんでききました。

「森のなかでとおれる道は、たった一本しかねえから、」と、炭焼《すみや》き人夫《にんぷ》はいいました。

「ふたりのあとをつけるのは、たやすいこった。」

簡単《かんたん》にお礼《れい》のことばをいうと――ひげをひっぱるという作法《さほう》はわすれて――バーナードは、手押《てお》し車《ぐるま》をひっつかむと、教えられた方向《ほうこう》にいそぎました。

ペイシェンスとミス・ビアンカのいるハト小屋《ごや》から、二キロメートルとはなれていませんでした。――しかし、森番はいうにおよばず、八《や》つ裂《ざ》きと暴君《ぼうくん》が、いぜんとして、その手前にいたのです。

2

なぜ森番が、二ひきのブラッドハウンドといっしょに姿《すがた》をあらわさなかったかという理《り》由《ゆう》は、ほかの悪人《あくにん》とおなじように、彼《かれ》も、〈幸《しあわ》せの谷〉の勇《いさ》ましいおひゃくしょうたちがこわかったからでした。おひゃくしょうたちは、森番が密猟者《みつりょうしゃ》を追《お》っているときでさえも、いかりにみちた、さげすみの目で彼《かれ》を見るのでした。もし彼《かれ》らが、森番が子どもを——幼《おさな》い少女を！——追《お》っていると気づけば、森番をつかまえて、からだじゅうにタールをぬって鳥の毛にくるんでかつぎまわる私刑《しけい》にするかもしれません。そうしなくても、まちがいなく、水のなかにほうりこむでしょう。森番は、ひざまでの皮《かわ》長ぐつをはいた長い足で、森のなかでかくじつにペイシェンスに追《お》いついたはずなのに——ペイシェンスは、ぐうぜんみつけた炭焼《すみや》き人夫《にんぷ》の小屋《こや》で、一時かくまってもらったばかりに助《たす》かったのでした。けれども彼《かれ》は、ペイシェンスの新しい足あとをしらべ、彼女《かのじょ》が、すでに〈幸《しあわ》せの谷〉にはいったことを知ると、森に身《み》をひそめて、真夜中《まよなか》になるのをまちました。〈勇《いさ》ましいおひゃくしょうたちが、みんな寝《ね》てしまうはずです。）そして、二ひきのブラッドハウンドが、えものをみつけてつかまえるのを期待《きたい》しました。彼《かれ》が口笛《くちぶえ》を吹《ふ》き、「こい、暴君《ぼうくん》！　八《や》つ裂《ざ》きは、そのまま！」とさけべば、一ぴきが、ころげるように、彼《かれ》をよびにくるし、そのあいだ、もう一ぴきが、えものの見はりをすることになっていました。

彼《かれ》が、やっとくぼんだ道路《どうろ》に姿《すがた》をあらわすと、ことは、約束《やくそく》どおりはこばれました。口笛《くちぶえ》がするどくなり、さけび声が、ひくくこだましました。数秒《すうびょう》もたたぬまに、カシの木の下に立つ森番のそばに、暴君《ぼうくん》が走りよりました。

「どうした、おまえの口に、血《ち》がついてないぞ？」森番は、おそろしい冗談《じょうだん》をいいました。「小さいむすめが、おまえの手にあまるか？　ああ、そうかい、大公妃《たいこうひ》さまが、生けどりをおのぞみかもしれんと！」

そういって森番は、暴君《ぼうくん》について小道づたいにハト小屋《ごや》へむかいました。

これは森番の長所《ちょうしょ》かどうか、だれにもなんともいえませんが、とにかく彼《かれ》は、あとしまつのほうをこのみました。森番自身《じしん》は、それが自分のいちばんの長所《ちょうしょ》だと思っていました。やさしい性格《せいかく》の男だと見せかけたいので、自分がそこへつくまえに、すべてが終《お》わっていることをのぞみました。森番は、密猟者《みつりょうしゃ》たちをつかまえると、鉄《てつ》のこん棒《ぼう》でおれるほど手首をたたき、犬をけしかけて、きているものをくいちぎらせました。けれども、彼《かれ》らに、妻《つま》や子どもがいるから助《たす》けてくれと、泣《な》いてたのまれると、気がむしゃくしゃして、どうしてよいかわからなくなるということもありました。とはいうものの――仕事《しごと》は仕事《しごと》、とくに年金が目の前にぶらさがっているいまとなっては、――ペイシェンスを肩《かた》にかつぎ、大公妃《たいこうひ》のどれいにさせるために、つれてもどる決心《けっしん》をしました。

ハト小屋《ごや》の外では、見はりの八《や》つ裂《ざ》きが、ふせていました。

「なんだ、おまえの口にも血《ち》がついていないのか？」と、森番は、からかいました。「すべての仕事《しごと》は、ご主人《しゅじん》さまにというわけか？　なんだ、なんだ、なぜ追《お》いかけてなかにはいらねえ？」

「はしご、はしご、はしご！」と、暴君《ぼうくん》がほえました。

「なるほど、むすめっ子は、はしごの上というわけか？」と、森番はいいました。――

そして、にたにたわらいながら、大きなひげづらでハト小屋《ごや》のなかをのぞきこみました……。

3

ミス・ビアンカとペイシェンスは、つかれはてたように見えても、自分を守《まも》る力をまったく失《うしな》ってしまったわけではありませんでした。――少なくともミス・ビアンカは、そうではありませんでした。森番と犬たちの会話は、一言のこらず、ミス・ビアンカにききとられていました。彼女《かのじょ》の耳がするどかったばかりでなく、頭もすばやくはたらきました。からだのつかれと、(ねむりこんだペイシェンスが、たなからおちはしないかという心配《しんぱい》で)ねむらず見まもっていたことで、つかれはてていましたが、ミス・ビアンカの知恵《ちえ》は、少しもおとろえていませんでした。そして、最後《さいご》の有効《ゆうこう》な戦略《せんりゃく》を考えつきました。

「ハトたちを、もう一度《ど》、おこすのよ！」ミス・ビアンカは、さけびました。「火事《かじ》だ！　ねずみだ！　タカだ！」と、悲鳴《ひめい》をあげました。――ハトたちのいちばんおそれる危険《きけん》なものを、かたっぱしから思いうかべながら。「ハトたちをおこして！」と、ミス・ビアンカはさけびました。「ハトのさわぎでおもやの人たちがおきるまで！　ペイシェンス、できるだけ大声で、さけんで！　悲鳴《ひめい》をあげて！」

大きなひげづらが、戸をあけてのぞきこんだとたん、

「火事《かじ》だ！　ねずみだ！　タカだ！」ペイシェンスは、大声でさけびました。

「タカだ！　ねずみだ！　火事《かじ》だ！」ミス・ビアンカは、悲鳴《ひめい》をあげました。

「ねずみだ！　火事《かじ》だ！　タカだ！」ふたりは、声をあわせてさけびました。

たちまち、すべてのハトが目をさまし、なにごとがおこったかもたしかめず、いっせいにさけびだしました。

4

「あなた、ようすがへんですよ！　ハト小屋《ごや》でなにかさわいでいるようですよ。」と、おひゃくしょうのおくさんがいいました。「ねずみがはいりこんだのでなければいいけれど！」

「ハトはまぬけだから、影《かげ》におびえて目をさまし、さわぎだすもんだ。」と、おひゃくし

ょうは、ねむそうにいいました。「おまえが気になるんなら、朝になったらしらべてみよう……」

「朝では手おくれかもしれませんよ。」と、おくさんはいいました。

「朝の五時で、なにがおそすぎるもんか。」おひゃくしょうは、大きな重《おも》い頭を、大きな羽《はね》まくらにもどしながら、ぶつぶつといいました。

やさしいおくさんは、それ以上《いじょう》だんなさんといいあらそいませんでした。ハト小屋《ごや》でなにもおこらないようにと祈《いの》りながら、ほんのもうしばらくおきていましたが、ナイトキャップを、耳の上までかぶりなおして、ねむりにもどりました。

5

青灰色《せいかいしょく》の無数《むすう》のつばさが、森番の頭のまわりを、つむじ風のようにとびまわりました。森番は、しばらくなにも見えなくなり、さけび声と羽音《はおと》で、なにもきこえなくなりました。ハトたちは、――少なくとも百羽《わ》はいました――その気になれば、森番の目玉をつきだすこともできたはずです！　けれどもざんねんなことに、ハトたちの頭は、そんなぐあいにはたらきませんでした。森番は、ミス・ビアンカがいったような大きな鳥の姿《すがた》をしていませんでしたし、タカは、どこにも見あたりませんでした。それに、「ねずみだ！」とか「火事《かじ》だ！」というさけび声は、ハトの子どもたちが、いつでもつかう、ひとさわがせなことばでしたから、数秒《すうびょう》もたたぬまに、まぬけなハトたちは、自分のねぐらにもどってしまいました。

とつぜんしずかになったので、ほっと安心《あんしん》した森番は、はしごに足をかけました。こうなれば、〈幸《しあわ》せの谷〉の勇《いさ》ましいおひゃくしょうたちが目をさます夜あけまえに、子どもを肩《かた》にかつぎあげ、つれさるのは、なんのぞうさもないことです！

森番がのぼりはじめると、はしごは、その重《おも》さで、ぎしぎしときしみました……。

「ああ、バーナード、」ミス・ビアンカは、絶望《ぜつぼう》のどん底《ぞこ》で、またバーナードのことを思いました。──これが最後《さいご》かもしれません。──「どこにいるの？」

6

　そのときバーナードは、ハト小屋《ごや》の戸口にいました！　――教えられた道をまっしぐら、信《しん》じられない速《はや》さでやってきたのです。

　農家《のうか》の庭《にわ》にちょうどはいりかけたとき、おびえたハトたちのさわぎが耳にはいりました。車のかじ棒《ぼう》に全身《ぜんしん》の重《おも》みをかけると、ハト小屋《ごや》までの距離《きょり》を、スポーツカー競技《きょうぎ》のレーサーのような速《はや》さでつっ走りました。手押《てお》し車《ぐるま》が、しきいに音をたててあたりました。――バーナードは、車をおして、しきいを一気にこえました！

「バーナード！」ミス・ビアンカが悲鳴《ひめい》をあげました。――ひと目見あげて、バーナードは、危機《きき》一髪《いっぱつ》の状態《じょうたい》を見てとりました。

「はしごをきりおとして！」と、ミス・ビアンカは、甲高《かんだか》い声でさけびました。

　バーナードは、手押《てお》し車《ぐるま》から、おのをとりあげました。ああ、手が四本ほしい。そうすれば、二ちょうのおのを同時につかえるのに！　だとしても、たいへんな時間がかかる。

はしごは、いちばんかたいクルミの木だ！　バーナードは、こんどは、剣《けん》をとり、攻撃《こうげき》のかまえをとりました。けれども、刃物《はもの》のとぎかたはおぼえてきたのに、どういうわけか、剣《けん》のつかいかたは、おぼえてきませんでした。なれない武器《ぶき》をひとふりすると、あぶなく自分の両耳《りょうみみ》をそぎおとしそうになりました。バーナードは、うめき声をあげて剣《けん》をなげすてました。――おのと剣《けん》は、彼《かれ》をうらぎりました。それから芝刈《しばか》り機《き》の刃《は》の部分《ぶぶん》が、なんの役《やく》にたちましょうか？――のこるのは短剣《たんけん》のみ。それも、森番のでかい図体《ずうたい》にくらべれば、ハチの針《はり》ほどしかありません。けれども死《し》にものぐるいのバーナードは、手近の一本を手にとると、森番ののどめがけて、力いっぱいなげました。

ハチの針《はり》ほどちっぽけなのに、森番は、大声をあげました。他人《たにん》に苦痛《くつう》をあたえるのが好《す》きな人間はみなそうですが、森番も、針《はり》にさされたいたさにがまんができず、大声でわめきました！――その男らしくない泣《な》き声《ごえ》が、身《み》の破滅《はめつ》になりました。――奇妙《きみょう》なさけび声をきいてかけつけてきたのは、ほかでもない、おひゃくしょうの大きなふたりのむすこたちでした！

7

ふたりは、一晩《ひとばん》じゅうおどりつづけてかえってきたのです。ビロードジャケットのボタン穴《あな》から、いちばん好《す》きなむすめたちにもらった花がだらりとさがり、それでも、まだあまい香《かお》りをはなっていました。かみの毛はつっ立っていましたが、ゆうべつけたガチョウの油《あぶら》で、まだつやつやしていました。むすこたちは、若《わか》くて、たくましくて、ほがらかでした。――陽気《ようき》なだて男たち！　――ポルカをアンコールにこたえて三回おどり、かぞえきれないほどマズルカをおどってきても、かあさんのハト小屋《ごや》への侵入者《しんにゅうしゃ》とたたかう元気は、いくらでもありました！

「なんだ、大公妃《たいこうひ》の森番じゃないか！」と、上のむすこが、おそれげもなくいいました。

「おい森番、おまえは、ここでなにをしてるんだ？　うちのおふくろのハトをおどかして？」

「逃《に》げた犯人《はんにん》をつかまえてるんだ！」と、森番は、どなりかえしました。「大公妃《たいこうひ》さまの命令《めいれい》でな！」

ふたりの若者《わかもの》は、どんなやつだろうと思いながら、たなの上を見あげました。あたりは、あかるくなりはじめていました。ふたりの目にどうやら見えたのは、ペイシェンスの金髪《きんぱつ》と、やせた小さなからだでした。

「逃《に》げた犯人《はんにん》だと？」と、下のむすこが、うたがわしそうにききかえしました。「なんだ、あの子は、おれたちの小さないもうとにそっくりじゃないか！」

14

◇◇◇◇◇

おわり

1

もちろん若者《わかもの》たちは、森番を、なんの苦《く》もなく、はしごからふりおとしました。生きることのなんたるよろこびぞ！　ふたりは、森番を水車の貯水池《ちょすいち》へほうりこみました。（バーナードは、微力《びりょく》ながら最後《さいご》の武器《ぶき》、芝刈《しばか》り機《き》の刃《は》の部分《ぶぶん》を、森番のうしろ姿《すがた》めがけてなげつけて加勢《かせい》しました。それは、みごと森番の左耳にあたりました。）暴君《ぼうくん》と八《や》つ裂《ざ》きは、若者《わかもの》たちが、思うさま打《う》ちすえました。そのあとしまつは、森番が池からはいだしてからのことにまかせました。

ペイシェンスは、キンポウゲの花もようのうすがけの下で、ぐっすりとねむるまえに、ベッドの上で朝ごはんを食べさせてもらいました。（茶色のたまごが二つ、バタつきの茶色のパンが四きれ。）そのすばらしかったこと！　そして、それにもましてうれしかったのは、うとうとねむりそうになったとき、おひゃくしょうのおくさんの、大きなあたたかい手が、ペイシェンスのやせた小さな手を、そっとにぎってくれたことでした。そして、もう二度《にど》と、どこへも逃《に》げなくていいことを、やさしい声が、ささやいてくれました。

「ほんとなのね？」ペイシェンスは、半分ねむりながらつぶやきました。「ほんとに、いつまでも、ここにいていいのね？」

「いつまでも、いつまでも。」と、おくさんがくりかえしました。「わたしたちには、ずっと長いあいだ、おまえのような小さなむすめがいなかったんですもの……」

つかれはて、ねむくてたまらなかったけれど、ペイシェンスは、もう少しのあいだ目をさましていました。

「おねがい、ミス・ビアンカも、ここにいられるようにしてあげて。」

「おまえのまくらの上にいる、かわいい白ねずみのことなんですね。おまえさえよければ、もちろんですよ。」と、おくさんはいいました。「きれいなくつばこで、家をつくってあげるし、毎日ベーコンを食べさせてあげましょうね。」

ミス・ビアンカは、自分の立場をはっきりすべきときだと思いました。けれども、このやさしいおくさんの気持《きも》ちを傷《きず》つけたくもありませんでした。

「ほんとうに、」と、ミス・ビアンカは、やさしくいいました。「バンガローに住《す》むなんて、とても魅力《みりょく》がございますわ。どうぞ、ご親切な、すばらしいおもうしでに、わたくしがどれほど感謝《かんしゃ》しているか、お心にとめてくださいませ！　ただ——」ミス・ビアンカは、そこまでいうと、ちょっとためらって、せとものの塔《とう》のことはいうまいと決心《けっしん》しました。——「わたくし、町に小さなかくれ場所《ばしょ》をもっておりますので。——それに、わたくしのるすのあいだに、おおそうじがすんでいるはずなんですの！　囚人《しゅうじん》友の会の事務局長《じむきょくちょう》が（いまは、とぎ屋《や》という世《よ》をしのぶ姿《すがた》ですが）ついていってくださるので、そこへもどるのに、なんの困難《こんなん》もございません。おくさまもおわかりでしょうけど、るすのあいだに、なにもいたんでいなければと思うものですから！」

「よくわかりますよ。」と、おひゃくしょうのおくさんは、温《あたた》かくこたえました。「るす番のお手つだいさんは、もみがらみたいにたよりないもんですよ！　——でも、この子はなんていうかしら？」と、おくさんはいいました。「あなたがいなくてさみしがらないかしら？」

ミス・ビアンカは、ため息《いき》をつきました。「いいえ。」とはいったものの、悲《かな》しそうでした。「大きなおにいさんがふたりいて、あそんでくださるし、それに、やさしい新しいご両親《りょうしん》がいるんですもの！　わたくしのことを、しばらくは思い出すかもしれません。たぶん、夢《ゆめ》に見て、――でも、夢《ゆめ》でだけ。夢《ゆめ》でなければ、思い出さないでほしいのです。」と、ミス・ビアンカは、つらそうにいいました。「この子は、とても危険《きけん》なつらい目にあってきたのですもの。わたくしに、おわかれの子守歌《こもりうた》だけをうたわせてくださいね……」

おひゃくしょうのおくさんが、彼女《かのじょ》の気持《きも》ちに同情《どうじょう》してなみだをふいているあいだに、ミス・ビアンカは、ペイシェンスのために、おわかれの子守歌《こもりうた》をうたいました。こんどは、ハトの子守歌《こもりうた》はうたいませんでした。そのかわり、即興《そっきょう》で、新しい子守歌《こもりうた》をうたいました。

　ふたりの大きなにいさんと
キバナノクリンザクラとスミレです

と、ミス・ビアンカは、やさしくうたいました。

ふたりの大きなにいさんと
　春の野にでた子ヒツジよ
つかれた頭をよこたえる
　大きなやさしいエプロンの上
小さな少女がはこぶのは
　大きな大きなスリッパね
キバナノクリンザクラと子守歌《こもりうた》、
　子守歌《こもりうた》とスミレです
子守歌《こもりうた》とスミレです、
　春の野にでた子ヒツジよ！

ミス・ビアンカがうたい終《お》わると、ペイシェンスが、ねむったままそっと動《うご》き、片手《かたて》をさしだしました。ミス・ビアンカのほうにでなく、おひゃくしょうのおくさんのほうに……。

それを見てミス・ビアンカは、「ね？」と、いいました。そして、まくらからそっとおりました。

「あなたは、なんとかしこい、なんとやさしい小さな貴婦人《きふじん》なんでしょう。わたしも、あなたにあえて、ほんとうに幸《しあわ》せでした。」と、おひゃくしょうのおくさんがいいました。

「この子守歌《こもりうた》は、わが家の子守歌《こもりうた》として、いつまでもいつまでも、うたいつづけますよ。神《かみ》さまのおぼしめしとして、わたしたちの孫《まご》の孫《まご》まで。わが家の宝《たから》としますよ。」

2

バーナードとミス・ビアンカは、おひゃくしょうの二輪《にりん》馬車に乗《の》って町へかえることになりました。これはたのしい報告《ほうこく》です。いつも見すごされてしまうことですが、バーナードのはたらきがあったからこそ、二ひきは、この馬車に乗《の》ることができたのです。おひゃくしょうのむすこたちは、森番の耳に芝刈《しばか》り機《き》の刃《は》の部分《ぶぶん》をなげつけるというバーナードの活躍《かつやく》に、とても胸《むね》をうたれました。それで、町の市場へいくついでがあるから、とぎ屋《や》の車をうしろにつんでいってやると、もうしでたのです。バーナードは、こんなにべんりな、はやい乗《の》りものに、ミス・ビアンカを乗《の》せてやれることを、心から誇《ほこ》りに思いました。

二ひきは、きれいなたまごの上に、ならんですわりました。

「歩いて森のなかをとおってかえっても、」と、ミス・ビアンカはいいました。「あなたがいっしょならバーナード、わたくしは、なにもこわくなかったことよ！　なんという勇《いさ》ましいおはたらき！　森番に対《たい》するあなたの攻撃《こうげき》に比《ひ》すべきものは、アルフレッド・テニスン卿《きょう*》の詩《し》によって不滅《ふめつ》のものとされた、『軽騎《けいき》兵大隊《へいだいたい》の突撃《とつげき》』だけよ。」

バーナードは、からだじゅうがあつくなりました。とくに耳があつくなりました。――もう少しで切りおとすところだった耳です。

「それにしても、どの方向《ほうこう》をさがせばよいのか、どうしておわかりになったの？」と、ミス・ビアンカはたずねました。「あなたは、もしや、――ペイシェンスの考えですてたのですけれど——わたくしの銀《ぎん》のネックレスをおみつけになって？」

「それは、いま、ぼくがもっている。」と、バーナードはいいました。「そして、ぼくが、それをみつけたからには、ブラッドハウンドがいるくらいのことで、ひきさがったと思うかい？　——ぼくが、これをもっていていいだろうか、ミス・ビアンカ？」バーナードは、思いきってきいてみました。

彼女《かのじょ》は、たまごの上でからだを少しずらしました。ふたりの乗《の》った馬車が一キロすすめば一キロだけ、彼女《かのじょ》は、せとものの塔《とう》に近づいているのです。そして、なつかしいおなかまの大使《たいし》のぼうやと、たえまなくつづく社交上のおつとめのまっているところへ……彼女《かのじょ》が、どれほどバーナードが好《す》きで、また、どれほど彼《かれ》を尊敬《そんけい》していても、二ひきが、これ以上《いじょう》したしくなるためには、二ひきの育《そだ》ちは、あまりにもちがいすぎました。バーナードに安《やす》っぽいかざりをあたえるのがいやなのではなくて、それをあたえることは、バーナードに、はかないのぞみをいだかせることになると、ミス・ビアンカは考えました。

「大好《だいす》きなバーナード、おゆるしになって。」と、ミス・ビアンカはいいました。「いつでもあなたは、わたくしのいちばん心ゆるす友ですの。あなたのいもうとでありたいと、

これまであなたに語ったのは、いくたびか――」
「十七回です。」と、バーナードはいいました。
「――それは、わたくしの心からのねがいでしたのよ！　けれども、わたくしのネックレスは、ぼうやのおかあさんからの贈《おく》り物《もの》です。――今夜は、正式《せいしき》の晩《ばん》さん会《かい》があるはずなので、そのときはもちろん、それをかけていなければなりません。――ですから、どうしても、かえしていただきたいのです。」
ゆっくり、しぶしぶ、バーナードは、ミス・ビアンカのネックレスをさしだしました。なにか気はずかしいような、それでいて優雅《ゆうが》なしぐさで、ミス・ビアンカは、そっとくびをかたむけました。バーナードが、ネックレスのとめがねをはめているとき、二ひきのひげが、そっとふれあいました。

やがて、二輪《にりん》馬車は、ブレーキをきしませてとまりました。荒《あら》っぽいけれど親切な若者《わかもの》たちが、バーナードの手押《てお》し車《ぐるま》をおろし、つづいてバーナードとミス・ビアンカをすくいあげて、地面《じめん》におろしてくれました。

「さらば、さらば!」と、おひゃくしょうのむすこたちは、大声でいいました。「おいらたちの新しい小さないもうとのことは、もう心配《しんぱい》いらないよ。これからは、この世《よ》でいちばん幸《しあわ》せなむすめっ子だからな!」

* アルフレッド・テニスン卿《きょう》――(一八〇九―一八九二)ヴィクトリア朝時代《じだい》のイギリスの詩人《しじん》。

3

このすばらしい冒険《ぼうけん》を記念《きねん》する勲章《くんしょう》については、はげしい議論《ぎろん》がおこりました。ねずみたちは、勲章《くんしょう》に、大公妃《たいこうひ》と森番と、そのほか二ひきのブラッドハウンドの絵をつけたいといいました。けれども、これはあきらかに不可能《ふかのう》なことなので、けっきょく、妥協案《だきょうあん》として、それよりもさっぱりしたデザインのものにきめました。それは、粉砕《ふんさい》された大公《たいこう》の冠《かんむり》のまわりを、からみあったねずみのしっぽがかこんでいるものでした。もちろんミス・ビアンカが、最初《さいしょ》にこの勲章《くんしょう》をさずけられ、バーナードが二番目でした。これら二つの勲章《くんしょう》は、銀製《ぎんせい》でした。体操教師《たいそうきょうし》は(婦人部会《ふじんぶかい》を代表《だいひょう》して)青銅製《せいどうせい》の勲章《くんしょう》をさずけられました。

ペイシェンスは、幸《しあわ》せになったばかりでなく、やさしく美《うつく》しいおとめに成長《せいちょう》して、あたらしい両親《りょうしん》の上のむすこと結婚《けっこん》しました。おひゃくしょう一家は、いまでもそろって〈幸《しあわ》せの谷〉の農家《のうか》に住《す》み、毎晩《まいばん》、ねずみたちのために、ベーコンのきれはしを、戸の外へだしつづけています。

レディーの魅力《みりょく》

荻《おぎ》原《わら》規《のり》子《こ》
（作家）

ミス・ビアンカ。なんとなつかしい名前でしょう。

私《わたし》が、マージェリー・シャープの「ミス・ビアンカ」シリーズ第《だい》一巻《かん》を岩波《いわなみ》の単行本《たんこうぼん》で読んだのは、十歳《さい》か十一歳《さい》のころです。それなのに、優雅《ゆうが》な貴婦人《きふじん》の白ねずみミス・ビアンカと、素朴《そぼく》な調理場《ちょうりば》ねずみバーナードの姿《すがた》は、心に焼《や》きついていました。

あれから、たくさんの児童書《じどうしょ》を読んで年月が過《す》ぎ、すっかり忘《わす》れたお話もたくさんあります。それなのにミス・ビアンカが忘《わす》れられなかったのは、とても魅力的《みりょくてき》に描《えが》かれていたビアンカの個性《こせい》のせいです。

今回再読《さいどく》して、改《あらた》めてアイディアのよさに感心《かんしん》しました。まず第《だい》一に、小さなねずみたちが、人間の囚人《しゅうじん》を慰《なぐさ》める「囚人《しゅうじん》友の会」を結成《けっせい》しているという発想《はっそう》が光ります。空いたワイン樽《だる》を集会所《しゅうかいじょ》として議会《ぎかい》を開《ひら》き、監獄《かんごく》へボランティアを派遣《はけん》しているのです。

しかもこれはインターナショナルな活動《かつどう》で、各国《かっこく》に支部《しぶ》があります。第《だい》一巻《かん》は、くらやみ城《じょう》の牢獄《ろうごく》に捕《と》らわれたノルウェー人の詩人《しじん》を助《たす》けるため、ノルウェーから勇敢《ゆうかん》なねずみを呼《よ》び寄《よ》せ、城《しろ》に派遣《はけん》する話でした。

ミス・ビアンカが加《くわ》わったのは、飛行機《ひこうき》でノルウェーへ飛《と》べる唯一《ゆいいつ》のねずみだったからでした。外交官《がいこうかん》の息子《むすこ》に大事《だいじ》に飼《か》われる身《み》として、ぜいたくな生活しか知らないビアンカが、囚人《しゅうじん》救済《きゅうさい》のミッションに関《かか》わることになります。

ミス・ビアンカの初登場《はつとうじょう》シーンを、ずいぶんよく覚《おぼ》えていたのに気づきました。大使館《たいしかん》の調《ちょう》理場《りば》に住《す》む庶民《しょみん》、バーナードの目に映《うつ》る、ゴージャスな暮《く》らしぶりの部分《ぶぶん》です。草花が描《えが》かれ金の小鈴《こすず》が軒先《のきさき》に下がる、陶器《とうき》の塔《とう》が彼女《かのじょ》の住《す》まいであり、金の籠《かご》の中にはたくさんの遊具《ゆうぐ》やガラス細工の噴水《ふんすい》があります。これらにふさわしい美《うつく》しさと優雅《ゆうが》さをそなえたビアンカは、細い銀鎖《ぎんぐさり》のネックレスまでつけています。

こうした細部《さいぶ》がどこまでもしっかり描《えが》かれるので、後々まで忘《わす》れられなかったのかもしれません。バーナードが身分《みぶん》ちがいを痛感《つうかん》する、みごとに上流階級《じょうりゅうかいきゅう》の白ねずみなのでした。バーナードはミス・ビアンカに魅惑《みわく》されると同時に、この女性《じょせい》は冒険《ぼうけん》するのは無理《むり》だと感《かん》じます。けれども、ビアンカはビアンカで、バーナードの登場《とうじょう》を今までにない刺激《しげき》と受《う》け止《と》め、役目《やくめ》を引《ひ》き受《う》けるのでした。

ミス・ビアンカの性格《せいかく》には、上流育《じょうりゅうそだ》ちの良《よ》さも悪《わる》さも盛《も》りこまれています。長所《ちょうしょ》と短所《たんしょ》は一つの特性《とくせい》の裏表《うらおもて》だとよくわかります。世間知《せけんし》らずで優柔不断《ゆうじゅうふだん》で見解《けんかい》の甘《あま》いところがありますが、心根《こころね》が気高く優《やさ》しく、見栄《みえ》っぱりにもかわいげがにじみ出る女性《じょせい》です。鼻《はな》もちならないタイプに転《ころ》がりやすいのに、それを上回る魅力《みりょく》があると納得《なっとく》させられます。

そんなヒロインが際立《きわだ》つのは、平凡《へいぼん》で少々もっさりした男ねずみ、まじめで実務《じつむ》家のバーナードの目で見るからに他《ほか》なりません。ほのかな恋心《こいごころ》を抱《いだ》いて彼女《かのじょ》の身《み》を案《あん》じる、バーナードがいてこそのミス・ビアンカなのです。そして、ビアンカもバーナードにほのかに惹《ひ》かれています。彼女《かのじょ》と彼《かれ》の心の交流《こうりゅう》はこのお話の見どころの一つなのです。

シリーズがもつおもしろさは、何と言っても、小さく非力《ひりき》なねずみが虜囚《りょしゅう》の人間を助《たす》け出すという、不可能《ふかのう》を可能《かのう》にする冒険《ぼうけん》のスリルでしょう。

このお話のねずみたちには、ふつうのねずみ以上《いじょう》の魔法《まほう》の力はありません。自国の人間と話を交《か》わす能力《のうりょく》はもっていますが、それも、外国語だとわからないという厳密《げんみつ》さです。冒険《ぼうけん》もどこまでも現実的《げんじつてき》です。強さでまったくかなわない人間、猫《ねこ》、犬といった大型《おおがた》の生きものを相手《あいて》に、捕獲《ほかく》され殺され食われる危険《きけん》を冒《おか》して行動《こうどう》しなければなりません。人間には簡単《かんたん》にできることが、ねずみたちには至難《しなん》のわざで、その代《か》わりにミニサイズだからこそできるあれこれがあります。この視点《してん》の変化《へんか》が物語《ものがたり》を興味深《きょうみぶか》くしています。

ねずみたちが、文化的《ぶんかてき》には人間と同じレベルを持《も》っているので、ミニチュア遊《あそ》びの楽しさもあります。イギリスでは、先行してメアリー・ノートンが『床下《ゆかした》の小人たち』(発表《はっぴょう》一九五二年、邦訳《ほうやく》は一九五六年、岩波少年文庫《いわなみしょうねんぶんこ》)で広めた楽しさに通じるようです。人間の住《す》みかで暮《く》らす小さな者《もの》が、人間の小物《こもの》を大きな家具《かぐ》にする工夫《くふう》のおもしろさ。第《だい》一巻《かん》では、看守長《かんしゅちょう》の部屋《へや》に潜入《せんにゅう》したミス・ビアンカ、バーナード、ノルウェーねずみのニルスが、床《ゆか》で拾《ひろ》ったマッチ箱《ばこ》やレシートや切手などを拝借《はいしゃく》し、巣穴《すあな》の家具《かぐ》をととのえる工夫《くふう》をしています。

シリーズ第《だい》二巻《かん》「ダイヤの館《やかた》の冒険《ぼうけん》」では、第《だい》一巻《かん》とちがい、敵《てき》となる者《もの》も助《たす》ける囚人《しゅうじん》も、そして救助《きゅうじょ》に出向《でむ》く者《もの》も女性《じょせい》である点に特色《とくしょく》が光ります。助《たす》け出す相手《あいて》は、冷酷《れいこく》な大公妃《たいこうひ》の虐待《ぎゃくたい》を受《う》けている孤児《こじ》、八歳《さい》のペイシェンスです。大公妃《たいこうひ》は光《ひか》り輝《かがや》くダイヤの館《やかた》に住《す》みながら、ねじけた意地悪《いじわる》な性質《せいしつ》のために使用人《しようにん》がいなくなり、孤《こ》児《じ》の少女をさらってきて召使《めしつか》いにしているのでした。

新たなミッションに気負《きお》い立《た》つ「囚人《しゅうじん》友の会」の若者《わかもの》たちは、救出相手《きゅうしゅつあいて》が小さな女の子と知ったとたん、やる気をなくしてしまいます。そこでミス・ビアンカは、婦人部会《ふじんぶかい》による救《きゅう》出《しゅつ》を提案《ていあん》するのでした。

「晩《ばん》ごはんのしたくをする以外《いがい》は、心おどらせることは、なに一つやってこなかった」女ねずみたちが、ここぞとばかりわき立つ様子《ようす》は、女性《じょせい》がようやく社会進出《しんしゅつ》するようになった時代《じだい》を感《かん》じさせます。いざ、みんなでダイヤの館《やかた》へ出発《しゅっぱつ》というとき、そろいの腕章《わんしょう》と色とりどりのゴムマスクでおしゃれをしたところがユーモラスです。

中でも一番ユーモラスなのは、ミス・ビアンカを心配《しんぱい》するあまり、婦人帽子《ふじんぼうし》で変装《へんそう》してまぎれこもうとしたバーナードでしょう。このもくろみはあっさりばれてしまい、いらだったミス・ビアンカは、つい冷《つめ》たく非難《ひなん》して彼《かれ》をおきざりにします。そして、この仕打《しう》ちを後で何度《なんど》も悔《く》いることになるのでした。

それというのも、予想《よそう》もしなかったダイヤの館《やかた》の内情《ないじょう》のせいで、勇敢《ゆうかん》に乗《の》りこんだ女ねずみたちは、あっという間に逃《に》げ帰《かえ》ってしまったのでした――ミス・ビアンカ一匹《ぴき》を残《のこ》して。第《だい》一巻《かん》は三匹《びき》のねずみが力を合わせての救出劇《きゅうしゅつげき》だったのに、今回、ミス・ビアンカの孤軍奮闘《こぐんふんとう》になってしまうのです。

かよわいビアンカが単身《たんしん》で、何ができるというのでしょう。さらに困難《こんなん》なこの情況《じょうきょう》が、第《だい》二巻《かん》のお話をはらはらさせます。苦境《くきょう》の中、ミス・ビアンカが「バーナードは来てくれないだろう」と悲観《ひかん》するのが哀《あわ》れです。知恵《ちえ》をしぼった打開策《だかいさく》も事態《じたい》を悪《わる》くするばかりですが、ミス・ビアンカは危機《きき》が迫《せま》ると、それでもバーナードの助《たす》けを願《ねが》うのでした。

一方でバーナードは、婦人部会《ふじんぶかい》が言いつくろった言葉《ことば》を信《しん》じ、動《うご》けないでいます。それでもやはり、ミス・ビアンカを案《あん》じる気持《きも》ちがつのっていきます。

話のラストは意味深長《いみしんちょう》であり、この二匹《ひき》はこの先どうなるのだろうと思わせます。ねずみを主人公《しゅじんこう》にした児童《じどう》文学であっても、こうした繊細《せんさい》な心理とふれあいが描《えが》かれているところが、「ミス・ビアンカ」シリーズを印象的《いんしょうてき》にしています。

年若《としわか》い読者《どくしゃ》には、そこまで設定《せってい》してもわからないだろうと考えるのは、大きなまちがいでしょう。男女の機微《きび》を実際《じっさい》に知るのは何年も先の読者《どくしゃ》でも、そこに何かがあるというのは感《かん》じ取《と》ります。個《こ》と個《こ》が慕《した》いあう機微《きび》には、どんなに早くふれようと害《がい》があるはずはなく、真《しん》に理解《りかい》できない年齢《ねんれい》の子どもにとっても、この世《よ》に隠《かく》れている美《うつく》しさと感《かん》じるはずです。少なくとも私《わたし》は、そういう読者《どくしゃ》でした。

ノートン以後《いご》、似《に》たようなミニチュア遊《あそ》びの体裁《ていさい》をもつ物語《ものがたり》はたくさん出版《しゅっぱん》されました。時の流《なが》れに消《き》え去《さ》った作品《さくひん》が多いものです。その中でも「ミス・ビアンカ」シリーズが力のある作品《さくひん》になったのは、「読者《どくしゃ》を子ども扱《あつか》いしない」ところが大きかったと思えるのでした。

二〇一六年五月

訳者　渡辺茂男（1928-2006）
静岡市生まれ。慶應義塾大学卒業。米国ウェスタン・リザーブ大学大学院修了後，ニューヨーク公共図書館に勤務。創作に『しょうぼうじどうしゃじぷた』『もりのへなそうる』『寺町三丁目十一番地』，翻訳に『かもさんおとおり』『すばらしいとき』『エルマーのぼうけん』「モファットきょうだい物語」シリーズなど，著訳書多数。

ミス・ビアンカ ダイヤの館の冒険　岩波少年文庫 234

2016年7月15日　第1刷発行

訳　者　渡辺茂男《わたなべしげお》

発行者　岡本　厚

発行所　株式会社 岩波書店
〒101-8002 東京都千代田区一ツ橋 2-5-5
電話案内 03-5210-4000
http://www.iwanami.co.jp/

印刷製本・法令印刷　カバー・半七印刷

ISBN 978-4-00-114234-1　Printed in Japan
NDC 933　222 p.　18 cm

岩波少年文庫創刊五十年——新版の発足に際して

心躍る辺境の冒険、海賊たちの不気味な唄、垣間みる大人の世界への不安、魔法使いの老婆が棲む深い森、無垢の少年たちの友情と別離……幼少期の読書の記憶の断片は、個個人のその後の人生のさまざまな局面で、あるときは勇気と励ましを与え、またあるときは孤独への慰めともなり、意識の深層に蔵され、原風景として消えることがない。

岩波少年文庫は、今を去る五十年前、敗戦の廃墟からたちあがろうとする子どもたちに海外の児童文学の名作を原作の香り豊かな平明正確な翻訳として提供する目的で創刊された。幸いにして、新しい文化を渇望する若い人びとをはじめ両親や教育者たちの広範な支持を得ることができ、三代にわたって読み継がれ、刊行点数も三百点を超えた。

時は移り、日本の子どもたちをとりまく環境は激変した。自然は荒廃し、物質的な豊かさを追い求めた経済の成長は子どもの精神世界を分断し、学校も家庭も変貌を余儀なくされた。いまや教育の無力さえ声高に叫ばれる風潮であり、多様な新しいメディアの出現も、かえって子どもたちを読書の楽しみから遠ざける要素となっている。

しかし、そのような時代であるからこそ、歳月を経てなおその価値を減ぜず、国境を越えて人びとの生きる糧となってきた書物に若い世代がふれることは、彼らが広い視野を獲得し、新しい時代を拓いてゆくために必須の条件であろう。ここに装いを新たに発足する岩波少年文庫は、創刊以来の方針を堅持しつつ、新しい海外の作品にも目を配るとともに、既存の翻訳を見直し、さらに、美しい現代の日本語で書かれた文学作品や科学物語、ヒューマン・ドキュメントにいたる、読みやすいすぐれた著作も幅広く収録してゆきたいと考えている。

幼いころからの読書体験の蓄積が長じて豊かな精神世界の形成をうながすとはいえ、読書は意識して習得すべき生活技術の一つでもある。岩波少年文庫は、その第一歩を発見するために、子どもとかつて子どもだったすべての人びとにひらかれた書物の宝庫となることをめざしている。

（二〇〇〇年六月）